人文与社会译丛

刘东 主编 彭刚 副主编

现代悲剧

[英国]雷蒙·威廉斯 著

丁尔苏 译

译林出版社

图书在版编目（CIP）数据

现代悲剧／（英）雷蒙 · 威廉斯（Raymond Williams）著；丁尔苏译．—南京：译林出版社，2024.1

书名原文：Modern Tragedy

ISBN 978-7-5447-9238-7

Ⅰ. ①现… Ⅱ. ①雷… ②丁… Ⅲ. ①悲剧 - 戏剧文学 - 文学研究 - 世界 Ⅳ. ①I106.3

中国国家版本馆 CIP 数据核字（2023）第 237081 号

现代悲剧 ［英国］雷蒙 · 威廉斯 ／ 著 丁尔苏 ／ 译

责任编辑 刘 静
装帧设计 胡 苨
责任印制 董 虎

原文出版 Stanford University Press, 1967
出版发行 译林出版社
地 址 南京市湖南路 1 号 A 楼
邮 箱 yilin@yilin.com
网 址 www.yilin.com
市场热线 025-86633278
排 版 南京展望文化发展有限公司
印 刷 江苏凤凰扬州鑫华印刷有限公司
开 本 890 毫米 × 1240 毫米 1/32
印 张 7.25
版 次 2024 年 1 月第 1 版
印 次 2024 年 1 月第 1 次印刷
书 号 ISBN 978-7-5447-9238-7
定 价 59.00 元

主 编 的 话

刘　东

总算不负几年来的苦心——该为这套书写篇短序了。

此项翻译工程的缘起,先要追溯到自己内心的某些变化。虽说越来越惯于乡间的生活,每天只打一两通电话,但这种离群索居并不意味着我已修炼到了出家遁世的地步。毋宁说,坚守沉默少语的状态,倒是为了咬定问题不放,而且在当下的世道中,若还有哪路学说能引我出神,就不能只是玄妙得叫人着魔,还要有助于思入所属的社群。如此嘈嘈切切鼓荡难平的心气,或不免受了世事的恶刺激,不过也恰是这道底线,帮我部分摆脱了中西"精神分裂症"——至少我可以倚仗着中国文化的本根,去参验外缘的社会学说了,既然儒学作为一种本真的心向,正是要从对现世生活的终极肯定出发,把人间问题当成全部灵感的源头。

不宁惟是,这种从人文思入社会的诉求,还同国际学界的发展不期相合。擅长把捉非确定性问题的哲学,看来有点走出自我囿闭的低潮,而这又跟它把焦点对准了社会不无关系。现行通则的加速崩解和相互证伪,使得就算今后仍有普适的基准可言,也要有待于更加透辟的思力,正是在文明的此一根基处,批判的事业又有了用武之地。由此就决定了,尽管同在关注世俗的事务与规则,但跟既定框架内的策论不同,真正体现出人文关怀的社会学说,决不会是医头医脚式的小修小补,而必须以激进亢奋的姿态,去怀疑、颠覆和重估全部的价值预设。有意思的是,也许再没有哪个时代,会有这么多书生想要焕发制度智慧,这既凸显了文明的深层危机,又表达了超越的不竭潜力。

于是自然就想到翻译——把这些制度智慧引进汉语世界来。需要说明的是,尽管此类翻译向称严肃的学业,无论编者、译者还是读者,都会因其理论色彩和语言风格而备尝艰涩,但该工程却绝非寻常意义上的"纯学术"。此中辩谈的话题和学理,将会贴近我们的伦常日用,渗入我们的表象世界,改铸我们的公民文化,根本不容任何学院人垄断。同样,尽管这些选题大多分量厚重,且多为国外学府指定的必读书,也不必将其标榜为"新经典"。此类方生方成的思想实验,仍要应付尖刻的批判围攻,保持着知识创化时的紧张度,尚没有资格被当成享受保护的"老残遗产"。所以说白了:除非来此对话者早已功力尽失,这里就只有激活思想的马刺。

主持此类工程之烦难,足以让任何聪明人望而却步,大约也惟有愚钝如我者,才会在十年苦熬之余再作冯妇。然则晨钟暮鼓黄卷青灯中,毕竟尚有历代的高僧暗中相伴,他们和我声应气求,不甘心被宿命贬低为人类的亚种,遂把迻译工作当成了日常功课,要以艰难的咀嚼咬穿文化的篱笆。师法着这些先烈,当初酝酿这套丛书时,我曾在哈佛费正清中心放胆讲道:"在作者、编者和读者间初步形成的这种'良性循环'景象,作为整个社会多元分化进程的缩影,偏巧正跟我们的国运连在一起,如果我们至少眼下尚无理由否认,今后中国历史的主要变因之一,仍然在于大陆知识阶层的一念之中,那么我们就总还有权想象,在孔老夫子的故乡,中华民族其实就靠这么写着读着,而默默修持着自己的心念,而默默挑战着自身的极限!"惟愿认同此道者日众,则华夏一族虽历经劫难,终不致因我辈而沦为文化小国。

一九九九年六月于京郊溪翁庄

目 录

前　言

本书把我过去做的一些工作集中在一起,并加以扩充。第一部分是悲剧思想的历史与批评,从某些方面讲,它继续了《文化与社会》和《长期革命》所开始的工作。第二部分是《从易卜生至艾略特的戏剧》的延续,虽然它们关注的问题不尽相同。自那本书到现在的四年里,我在剑桥大学英文系就现代悲剧做了一系列讲座,第二部分是那些讲座的修改稿。修改的主要目的是使我个人的立场更加明确。

雷蒙·威廉斯

1964年于剑桥

第一部分

悲剧观念

一
悲剧与经验

我们通过多条路径接触悲剧。它是一种直接经验，一组文学作品，一次理论冲突，一个学术问题。这些路径在一个特殊的人生中相互交叉，构成本书的写作视角。

在跨越二十世纪中叶的平凡人生中，我认识了我所理解的若干种悲剧。它不是描写王子的死亡，而是更加贴近个人，同时又具有普遍性。我有责任努力去理解这种经验。面对自己的悲剧理念与当时传统之间的距离，我感到困惑，故退而思之。于是，我在一个复归沉默者人微言轻的劳作人生中看到了悲剧。从他寻常而私人的死亡中，我看到了令人恐惧的人与人、甚至是父子之间的联系的失落。但这种失落是一个特殊的社会和历史事实：一个存在于人的愿望和他的忍耐力，以及这二者与社会生活所能为他提供的目的和意义之间的不容忽视的距离。此后，我更加广泛地看到了这种悲剧。我看到人际联系的丧失内在于工厂和城市之中。男人和女人被迫去适应这一状况，他们的愿望和需求被推迟和销蚀，他们被压垮。与生活在这个文化里的所有人一样，我还看到一个悲剧性的行动正在构造这些世界，同时也将它们打破。这听上去似是而非，却是一个苦涩的事实。这一行动就是战争和社会革命，其范围如此广大，以至于它不断地，当然也是可以理解地，被简化为政治历史的抽象概念。然而，这一行动最终不可能被限定在抽象概念层面上并避而远之。许多人认为这是真实存在的男人和女人的历史,或者说这是非常个人的事实。在他们看来,这一行动还没有完结。

在我们的文化中,悲剧已经成为这种经历的共同名称。不仅我举的
13 例子被称为悲剧,许多其他事件(如一场煤井灾难、一个烧毁的家庭、一项中断的事业、一次车祸)也在其中。悲剧还是源于一类特殊戏剧艺术的名称。这类戏剧已经有两千五百年复杂而有争议的连续历史。许多被我们称做伟大悲剧的作品保留至今,使得这一历史具有特别的影响力。对我而言,这两种不同含义的共存非常自然,认识它们之间的联系和区别也不困难。然而,许多受过现今已成为学术传统的实践训练的学者,经常会对出现于日常话语和报刊中的"悲剧"的含混和通俗用法感到不耐烦甚而加以藐视。

如果把我们称为悲剧的现代经验作为讨论现代悲剧的起点,并将其与传统的悲剧文学和理论联系起来,那可能会引起极大的震惊,或者被人简单地从更传统的角度指责为无能。我们被告知"悲剧"这个词语被简单甚至是恶意地误用了。这一指责固然会让我们犹豫。在一个只有部分人受到教育的社会里,对一个词或描述的误用感到紧张是可以理解的。但是,在听了更多的见解以后,我们意识到这不仅是一个词语的问题。我们被告知,悲剧不只是死亡和痛苦,它也肯定不是意外事故。悲剧也不是对死亡和痛苦的所有反应。确切地说,悲剧是一种特殊的事件,一种具有真正悲剧性并体现于漫长悲剧传统之中的特殊反应。把这一传统与其他类型的事件和反应混淆起来纯粹是无知。

在倾听这些见解的时候,我们再一次意识到这里的问题远不止于用"悲剧"这个词语来描述某一戏剧文学作品之外的东西(我们已经提及这种引申用法),更加需要讨论的是那些特殊的死亡和痛苦以及对它们的特殊解释。有些事件和反应是悲剧性的,其他事件和反应则不然。这一点可以借助绝对权威以及我们愿意学习的天性而不断得到重复,不会受到真正的挑战。想同时置身于这一系统的内部和外部会令人绝

望，因为这里有两个问题仍然需要澄清。首先，我们所谓的传统是不是
真正具有如此清晰和独特的含义？其次，无论我们对这个问题的回答是 14
什么，在悲剧的传统和通常被理解（或误解）为悲剧的当代经验之间，我们能够看到和经历的关系又是怎样？

我以为，从个人对所传授知识的含义产生疑问而初步形成这些问题，到能够准确地提出和解答这些问题，需要许多年的时间，其中的困难非常大，因而耗时无限。但事情总得有个开端。我希望在此对悲剧的传统展开考察，并在考察时具体参照其真实的历史发展。这在我看来是理解该传统的现状及其影响的关键所在。随后，我将对“悲剧”和悲剧的分离做出我个人的解释，并试图用不同的方式来描述隐藏在这一形式上的分离背后的各种联系。

二

悲剧与传统

从某种意义上说，“悲剧”与悲剧的分离是不可避免的。我们关于悲剧的思考非常重要，因为这是传统和经验的交叉点。如果这个交叉点只是一种偶然，那肯定会令人吃惊。悲剧这一词语来自欧洲文明的悠久传统。我们很容易在一个重要方面看到该传统的延续，即后来很多作家和思想家都意识到先辈的存在，并认为自己在为一个共同的概念和形式作贡献。然而，“传统”和“延续”作为词语可能会把我们导向一个完全错误的重点。一旦我们开始对传统进行研究，我们立刻意识到发生过的变革。我们能够想当然的不过是“悲剧”这一词语的延续。在这以外很可能存在更加重要的延续，但我们显然不能从预设这些延续开始。

当人们将传统和现代进行字面上的对比时，通常有一种共同的压力迫使他们把以往各种不同的思想整合为单一的传统，“那个”传统。就悲剧来说，还存在另外一种特殊的压力，即人们假定有一个造就了西方文明并一以贯之的古希腊文化和基督教传统。乍看起来，悲剧是这一文化延续最简单和最有力的证明之一。悲剧作为同一种文化形式既属于古希腊，也属于伊丽莎白时代；古希腊人和基督徒进行的是相同的文化活动。我们很容易看出，这样的悲剧观念是多么的方便，又是多么的不可缺少。关于悲剧的研究大都下意识地被这一假定所左右，人们也确实乐意教授和传播这样的想法。在我们历史中的某些特定阶段，复兴悲剧一直是一个策略，它出自人们需要传统的意识。尤其在本世纪，当人们普遍认为这个文明正在受到威胁的时候，用悲剧的理念来描述受到当今乱世之威胁或破坏的重要传统的做法显而易见。这不仅是提出相反假定的问题，即认为不存在这样的重要延续。问题在于应该意识到传统不是过去，而是对过去的一种解释：一种对先辈的选择和评价，而不是中立的记录。如果是这样，那么，“现在”就成了任何选择或评价过程中的一个因素。文化史学者所关注的不是现代和传统的对比，而是它们之间的联系。

也就是说，考察悲剧传统不一定是阐述某一组作品和思想，或者追踪它们在一个假定的整体中的变化，而是对一些有明显关联并且在我们头脑中被同一个强有力的词语联结起来的作品和思想进行批判性和历史性的考察。更重要的是，不仅仅在其直接的语境中，还要在其历史延续中考察这些作品和思想，并把它们同其他作品和思想以及各种实际经验联系起来看，进而研究它们的地位和作用。

即使只是提纲挈领的，我也希望勾勒出悲剧这一概念的历史发展，使得我们可以摆脱当今的困境，即摆脱“传统观念中所谓的悲剧本身”与我们当代悲剧性经验的形式和压力之间的对立。从前人留下的单一传统中，我们真正应该看到的是表现在具有持久重要性的事情中的张力和变化。这样，我们不仅可以从目前的困境中解脱出来，而且可以获
得积极的历史见解。 16

古代与中世纪

人们经常强调古希腊悲剧的独特性，但他们强调的方式往往又将其抹煞。有些古代的剧本流传了下来，例如，由埃斯库罗斯、索福克勒斯和欧里庇得斯创作的三百多部剧本留下了三十二部。其他几十位悲剧

作家的作品全部流失，我们只知道他们的名字。那些流传下来的作品虽然各有千秋，但都具有超常的感染力：其中八到十部被认为是世界上最伟大的戏剧作品。这一独特的成就应该得到肯定，但也只应该被看作成就。古希腊悲剧对我们是一种资源（这从某个方面来说是对的，因为欧洲戏剧诞生于此），但它对古希腊人来说则是一种圆满，即一种充分展示成熟文化各方面的成熟艺术形式。上至普遍意识，下至刻意模仿，这项重要成就或多或少影响了之后许多时代的悲剧发展。但是，历史上从未出现过古希腊悲剧的再造，也没有严格意义上的复制。这一现象并不奇怪，因为古希腊悲剧的独特性是真正的，它在许多重要方面是不可移植的。

在过去的一个半世纪里，特别是在基督教信仰松弛的阶段里，人们不断地尝试将古希腊的悲剧哲学系统化，并把它作为绝对的东西加以传播。然而，这些悲剧很难被系统化，因为那三位悲剧作家之间存在着明显且不可调和的差异。不仅如此，一些具体的哲学问题（命运、必然性和神的本质）在古希腊人自己手中都没有被系统化过。古希腊文化的特点是诸多信仰形成一个非常了不起的网络，它将各种制度、实践和情感联系在一起，但没有我们现在称为神学或悲剧哲学的系统和抽象理论。古时最深刻的探究和知解方式不断地回溯到个别的神话。这一特征对我们理解悲剧艺术的本质至关重要。神话的本质就在于抗拒预先设定的解释。神话总是从具体细节延伸至新的特殊经历（这是悲剧作家做出不同解释和强调不同重点的方面）。在现代的“古希腊”系统中，人们往往将必然性这样的因素抽象化，并把它置于人类的意志力之上。然而，就其能够在那一文化和那些戏剧中被概括出来而言，必然性的特点在
17 于它对人类行为的限制发生在真实的行动之中，而不是被预先知道或普遍掌握（后一种情形正是现代人对必然性的解释，它们又转化为决定论或宿命论）。悲剧的创作激情和张力主要在于那一独特的过程：它把神话的真实行动再现为正在发生的具体戏剧行动，但又通过戏剧节的

有机性质与当代经验及其社会制度保持不可回避的普遍联系。

古希腊悲剧最不可模仿之处在于这一过程所产生的独特结果，即一种特殊的戏剧形式。这不是一个可以孤立开来的美学或技术上的成就：它深深植根于一个严密的情感结构之中。现代思想对这些戏剧最明显的误解就在于此。现代人的解释首先抽象出一个普遍的必然性，然后将被我们统称为悲剧主人公的饱经磨难的个人置身其中，或者作为它的对立面。于是，将这位主人公孤立起来的做法就被视为悲剧行动的主要动力。然而，这种悲剧的独特性在于它的合唱。歌队和演员之间既特殊又变化的联系是它的真正戏剧关系。真实的悲剧行动由几个属于特殊统治家族的、众所周知而可悲可叹的历史构成，它们在共享的神话资源中具有代表性和普遍意义。这样的戏剧形式以独特的方式同时体现了历史和现在，体现了神话和对神话的反应。家喻户晓的公共历史由三个戴着面具的演员表演，他们与歌队分离。但我们从演员和歌队的共同角色以及他们在形式上的联系中可以清楚地看到，这种分离是有限度的。因此，这种艺术形式所体现的不是一种扎根于个体经验的可以分离的形而上学立场，而是一种共同拥有的、真正集体性的经验。它既是抽象的，又具有社会性，两者密不可分，从而产生巨大的张力和微妙性。无论是在动态分离的“对唱”中，或是在随着剧情变化而变化并在形式上起主导作用的合唱中，都是如此。毫不奇怪，由于这种独特文化发生了变化，作为悲剧形式之重要因素的合唱也跟着被削弱，乃至最终被取消。那个伟大时代用来发展和维持这种戏剧张力并融合集体与个人经验的情感结构削弱了、消失了，随之而去的是那种独特的悲剧意义。在后来的许多世纪中，它被重新提起，也得到重新解释。艺术的永恒可以 18
理解为它的具体意义的永恒。两种意义实际已经消失和改变，我们从古代到中世纪的转变中可以清楚地看到这一点。

现在人们一般认为，悲剧在中世纪文学里十分罕见，甚至没有。这一共识的基础有两点。第一，悲剧在当时被理解为叙事，而不是戏剧；第二,中世纪信仰的普遍结构容不下真正的悲剧行动。随便反驳这两个观点很容易。我们不应该想当然,认定作为经验之诠释的悲剧与它的戏剧形式(而不是叙事形式)有着必然的联系。假如中世纪的信仰如此不适合悲剧,那么,我们就很难理解伊丽莎白时期的悲剧植根于一个继承了同样的中世纪世界的信仰时代这一普遍说法。这还不是我们最需要做出的那种评述。只有对悲剧的某种绝对意义的非常强烈的情感,才能迫使我们忽略一个重要历史阶段对悲剧这一词语的特殊用法。中世纪并不缺乏证据,但由于它们不符合我们关于这一传统的理念,所以被我们弃而不用。

英国中世纪最有名的悲剧定义出现在乔叟的“僧侣的故事前言”中:

> 正如古书要我们记住,
> 悲剧就是讲一个故事,
> 关于一个非常幸运之人,
> 从高位上陨落,
> 陷入苦难,悲惨而终。

这里的重点显然是世俗地位的改变,而关于“高位”的谈论又给它带来戏剧性。《僧侣的故事》本身在首次论及悲剧时也做出明显相似的定义:

> 我要以悲剧的方式哀叹,
> 处于高位的他受到伤害,
> 坠入谷底,没有办法
> 能将他从逆境中拯救。
> 定然,当命运想要逃离,
> 没有人可以扭转她的航道。

> 请不要相信永久的幸运。 19

悲剧的故事是从幸运转为不幸，它由外部世界变幻无常这一普遍事实所决定。撇开我们稍后会讨论的差异,这一观点与古希腊悲剧理念的相似之处乍看上去超过此后任何一种说法。在这部作品中,悲剧只能说在“个人”这一词语的最初历史含义上涉及到个人,他是某个群体或种族的成员之一,而不是一个可以孤立的特殊的个人。

中世纪的悲剧大多是被用来显示某项普遍规律运作的例证，而其中的关键词是命运。《僧侣的故事》是一个例外,主人公尼布甲尼撒免遭悲惨结局:上帝将国王从苦难中拯救出来,并赋予他智慧。其他所有故事均以悲惨告终,其中有三四个叙述的是堕落:撒旦犯下罪孽,亚当管理不善,参孙愚蠢地相信他妻子,安条克骄傲而凶残。值得我们注意的是,这些现成的解释来自基督教传统。所有其他故事展示的是更为普遍的命运莫测现象:尼禄、荷罗孚尼、克罗伊索斯和巴尔塔萨虽然也做了错事,但命运将他们击倒的方式与赫拉克勒斯、芝诺比阿、西班牙的彼得、塞浦路斯的彼得、伯纳波、乌格里诺、亚历山大以及恺撒的故事没有真正的区别。这些故事表明,不幸同样会降临强者或好人身上。

在从古代到中世纪的多个漫长世纪中,围绕命运以及宿命、天命、机遇、天意等一组相关概念的争论一直具有重要性。没有任何简单的言语可以阐明它们的含义。有时候命运与宿命及天意的法则被清楚地区分开来,带有机遇的含义;在另一些时候,命运又被看作是次要的,或者是根本法则的执行代理。在后一种解释中有一个明显的论点:命运之所以显得有些捉摸不定,仅仅是因为人的理解力是有限的。

然而,在这一复杂的思想体系中,没有一部文献将处境的变化归因于我们现在所谓的个体人物。个人最多只能在外部力量为他设定的范围内进行选择，而悲剧行动的基础是这些外部力量在某一特殊个案中的运作。从这个意义上说,无论这一特殊事例被怎样有力而贴切地表现 20

出来,它不过是一个示范。塞内加在他的作品中强调受苦受难和忍耐不幸是高尚的，这为后人把重点从普遍的行动转移到饱受磨难的个人作了铺垫。但是,中世纪的悲剧观念对普遍性的强调达到了极端抽象的程度。当然,在他们对普遍性的强调中,仍然存在一种明显的不确定性,因为虽然正统基督教那时将命运解释为天意的使者，人们仍然顽固地信赖一种更加捉摸不定和不可思议的力量。命运的轮盘是一个异常复杂和极具影响力的意象,捉摸不定是它永恒的含义之一。我们很难把它与陨落这一完全不同的概念及意象结合起来，尽管在命运轮盘下的深坑里有过这种努力。这里的真正问题是悬而未决的关于历史和莫测命运的争论。

中世纪情感结构中一个真正新颖的概念，是把命运放在人的普遍而共同的天命之外。这就是说,如果你登上命运的轮盘,它最终会把你摔下来,但你先前曾有机会选择是否登上去。这种把人和世界分离开来的激进的二元论具有非常重要的意义。我们从上述定义中可以看到,悲剧行动是世俗地位的变化,它明确涉及高贵的地位。请看利德盖特的下面这番话:

> 从幸运开始
> 以灾难告终
> 它的确又讲述
> 富贵国王和伟大君主的成就。

这里对地位的强调似乎延续了从古希腊到中世纪的传统。不过这一表面上的延续并不同于指涉超出人类能力的普遍状况的延续，它实际上是一个逆转。

在古希腊的悲剧里,戏剧行动发生在介于神、人之间的统治家族当中,虽然他们通常只能在属于以往传说时代的意义上被形容为“英雄式

的”。高贵地位和英雄境界是悲剧行动之普遍重要性的条件:它们既是 21
公众的,也是形而上的。从这个意义上讲,我们所谓悲剧英雄的突出地位同时具有参与性和代表性;这种悲剧行动体现了一整套人生观。我们从希腊化和后古典时期的定义中仍然能够感受到这类文学的影响。狄俄弥得斯对悲剧的定义(英雄命运之逆转)据说是基于泰奥弗拉斯托斯的“英雄命运莫测”(ἡρωικῆς τύχης περίστασις)的解释。虽然我们从这些异常复杂的词语中可以看到表面上的延续,但比起后人对“英雄”和“高位”的定义,我们的确不能说个人的伟大在此得到了强调。这些理论家的鼻祖亚里士多德本人始终关注的也是广义的悲剧行动,而不是个体的英雄。只有读了伊西多尔的定义(悲剧颂扬的是公共事务和帝王历史),我们才察觉到变化。当中世纪的作家们为了写作悲剧而采用自普鲁塔克以来漫长文学传统的显贵人物的故事时,这种变化便显而易见了。薄伽丘的《论名人的陨落》是这一文类的典范,乔叟曾使用同样的题目,作为《僧侣的故事》的副标题。

文学影响的问题极其复杂,但就悲剧观念而言,重要的是这种对名人陨落的强调,并以此作为悲剧的全部意义。因为这些关于陨落(其含义已经不同于命运的变化)的故事虽然还代表着某种普遍的对超自然力量的假定,但它们讲述的是发生在地位显赫而且容易肇祸的个人身上世俗地位的变化。于是,在地位变化之延续的背后,悲剧的重点已经从亚里士多德的“幸福与苦难”转向“成功与逆境”。

可见,命运越来越多地指涉世俗的成就。在把俗世与神话分离的过程中,中世纪的悲剧观念不可思议地变得比以往任何时候都更加世俗。导致陨落的可以是一些具体的罪过。虽然这些具体的罪过也不时地会被当作天意的执行代理而受到考察,但在它们后面还有一个更为普遍的罪过,这就是在追求世俗成功的意义上相信命运。世人的骄傲引发了
一切其他的罪过,医治它们的良药是不相信世人,而相信上帝。我们在 22
《僧侣的故事》结尾处清楚地看到这一点:

悲剧不是什么其他东西
既不要喊也不用叹
只讲述命运
不知不觉地袭击骄傲的王朝；
因为人们一旦相信她，她就会失败，
并在她明媚的脸上抹上阴云。

因此，在一种确定无疑的延续中，中世纪悲剧的影响是自相矛盾的。在我们应该看作是封建社会异化的压力之下，悲剧的范围受到极大限制，冲突遭到排除。由于对普遍状况的强调过分局限于某一特殊的个案（王子陨落），普遍的指涉在很大程度上变成一个负面因素，即一种界定了一个有限行动的抽象概念。更加矛盾的是，示范的成分被对地位的强调所取代，广义的参与也变成了个体人物的沉浮。参照这一复杂的发展过程，我们必须看到中世纪重视对"富贵国王和伟大君主"的孤立和揭示，是日后一种完全不同的悲剧英雄观的成因。

至关重要的是文化的改变。在古希腊文化中，形而上范畴与社会范畴是浑然一体的，但在中世纪文化里，由于形而上范畴本性的变化，这两者可以说是相互对立的。然而，无论它们怎样组合，世俗权利与精神信仰的现实关系并没有得到解决。在这种深刻的异化状态中，悲剧虽然得到字面上的延续，但仍然是这种异化的特殊个案，甚至是争议的起因。悲剧是一个故事，一种叙述，有时甚至是一张名单，因为在这些名称中，悲剧都无法被看作一个行动。

文艺复兴

文艺复兴时期悲剧的一个主要源泉正是这种对名人陨落的强调。

不过,随着封建世界的解体,悲剧实践又创造了新的联系。传统的故事得到了改造,因为它们被赋予越来越多关于人的内容。这使得名人陨落 23
与大众经验相互结合,不再分离。然而,我们在表面的延续以及复杂定义和名称的背后又一次发现悲剧的实质性变化。如果看一下锡德尼对悲剧的定义,我们可以观察到某种延续性:

> 品质优秀的悲剧揭开最伟大的伤口,揭示被纤维组织遮盖的溃疡;它们让帝王害怕做暴君,让暴君暴露他们的专横性情;它们通过引起仰慕和同情的感觉告诉人们,大千世界变幻莫测,华丽屋顶基础脆弱。

世事无常的主题仍然占据主导地位,它的示范性特征也是如此。然而,国王与暴君之间的政治区别取代了单纯的对权贵的揭露,而对(源于亚里士多德的)“影响”(affect)之强调也提供了一个新的兴趣点。锡德尼接着说:

> 悲剧能够令人感动到什么程度,普鲁塔克给了一个很好的例证:连臭名昭著且罪大恶极的暴君亚历山大·菲拉尤斯都认为,一部创作得好和表演精湛的悲剧可以催人泪下。虽然他曾经残忍地杀害过无数人,其中包括自己的骨肉,他的所作所为也完全可以作为悲剧的题材,但他仍然不能够抗拒一部悲剧作品的甜蜜暴力。

在示范的传统以及对帝王生活的持续关注中,一种对悲剧实际效果的兴趣脱胎而出。从表面上看,这仅仅涉及发生在观众之中某个暴君身上的效果(尽管这样的悲剧道德教育收益甚少);在更加普遍的层面上,这还关系到“创作得好,表演精湛”的悲剧的预期效果。“甜蜜暴力”这对矛盾是一个与新的兴趣相关联的现象。它引发了一个核心问题:“悲剧中的苦难怎么可能带来快感？”

锡德尼将中世纪对王子陨落的强调与文艺复兴对悲剧手法及效果的兴趣以独特的方式结合起来，这一做法清楚地展示了在术语的表面延续背后,概念是如何无序地发生变化的。锡德尼所依赖的意大利文艺复兴时期的批评家表面上也似乎是古典悲剧理论的卫道士。其中最著
24 名的例子是卡斯特尔维特洛，他牵强地将时间和地点的一致归功于亚里士多德。然而,这些批评家代表的主要是具有他们自己时代特征的新的志趣。笼统地说,悲剧观念没有停留在形而上的层面,而是变得带有批判性,虽然这一变化到十七世纪新古典主义那里才完成。锡德尼本人更为关注的已经是悲剧写作方法,而不是任何道德的或形而上的观念。他首先假定悲剧的示范作用,接着转向剧作的结构和风格。他抨击《戈尔波达克》,“因为它不能成为所有悲剧的精确楷模”。这一区别虽然看上去与题材相关，但实际上还是处理手法的问题。在此后的两个世纪里,一直到黑格尔的根本修正,悲剧观念主要包括方法与效果。然而,在这一批评重点的背后，有关悲剧行动之本质的假设实际上在发生巨大的变化。

新古典主义

这一变化的关键在于,悲剧中的高贵地位被赋予了新的含义。这在表面上似乎仍然是亚里士多德和中世纪传统的延续。一方面,新古典主义的规则要求悲剧描写历史的主题,因为悲剧必须关注国家大事;另一方面,它们十分强调“高贵”(dignity),从而忽略了悲剧的普适性和代表性。如果把高贵作为真正的评判标准,那么,关于方法的讨论就主要取决于如何考虑规范的问题。

从社会的层面看,这是一种贵族的而不是封建的思维方式。悲剧中的地位之所以变得重要,不是因为统治家族的命运决定了城邦的命运,

或者说帝王的显赫是凡人世界的唯一形态，而是因为有一种与它相对应的写作风格。这一围绕悲剧风格恰当与否的广泛讨论虽然在操作层面上必不可少，但它在很大程度上受制于人们对高贵之本质的习惯性看法。我们发现批评术语中有关“高雅”和“低俗”风格的阶级隐喻很有时代特征。当德莱顿谈论“最高贵的现代韵文”时，他并不是在继续约
翰·伽兰对高贵问题的关注。（伽兰曾经将悲剧定义为用“庄重”文体写 25
成的诗，他实际使用的形容词是gravis。）在这一转变的背后，我们可以清楚地看到截然不同的假定。

在这个初期阶段，悲剧的日渐世俗化同样与上述对高贵的新理解有关。虽然德莱顿仍然认为悲剧必须依靠崇高地位来表明任何人都无法避免命运的转变，但他的悲剧之动力很明显源于人的行为，而不是某种形而上的状况或过失。亚里士多德将悲剧人物描述为“一个并非特别高尚和正义的人，他的不幸不是因为邪恶或者堕落，而是因为某种过失”。这一定义被置放于对行动的描述之中，它涉及“命运的变化”，而不是“主人公命运的变化”。也就是说，过失与行动有关，而行动本身表现了普遍的世事沉浮。在新的重点中，我们看到的是越来越独立的对主人公性格的解释：过失是道德行为，是一个仍然值得我们同情的好人身上的瑕疵。尽管如此，悲剧起因的逐步内在化仍然被限制在高贵这一概念之内。从这一方面，我们可以看到“怜悯和恐惧”的公式为什么经常被改变为锡德尼笔下的 “仰慕和同情”（后一公式的起源可以追溯到敏特诺那里）。新的悲剧主人公的“高贵”虽然从道德意义上可以追溯到塞内加，而且可以通过类似圣埃弗蒙的理论证明人的伟大，但它的提法本身带有贵族规范的观点。从此以后，应对苦难的态度至少变得同经历苦难和从苦难中学习一样重要。

在关于悲剧效果的广泛讨论中，以“高贵”态度面对苦难以及如何经历苦难的话题又一次非常微妙地得到强调。这在表面上似乎提出了一个真正的道德问题，但实际讨论的却是悲剧观众应该怎样看戏。真正

的道德问题当然存在，这一点显而易见。很早以前，奥古斯丁就提问：为什么“观众喜爱通过观看自己不能忍受的苦难悲剧场面来感受悲伤。是不是人们喜欢泪水和激情？”然而，如此提问往往将观众的反应抽象化
26 和程式化，从而使它成为一种自身的活动，而不是对某个行动的反应。悲剧行动之本质和效果的道德问题也因此而变成一个抽象人性的问题。换句话说，它不再探索对必不可少的行动的特殊反应，而是企图为我们假定的普遍行为模式寻找理由。休谟、柏克和其他一些思想家们曾经围绕快乐和悲伤之“混杂情感”的地位问题展开复杂的讨论。他们的讨论在相长的一段时间内主导了关于悲剧的理论工作，并且继续对后世产生影响。从这个意义上说，它是理论兴趣的一次重大转移。不让观众介入戏剧行动，使观众的参与局限于情感的流露和平衡，这些都是某种文化的特殊标志。这种文化用高贵和地位将悲剧主人公分离开来，从而不可避免地将观众视为超然而笼统的情感消费者。在这样的悲剧理念中，主人公和观众的确都是自觉的情感消费者，但他们的行为只限于表现他们的不同消费模式。净化(katharsis)是一个相对狭窄的概念，或者说实际上是一个技术的范畴。它与上述围绕戏剧效果的讨论的关系日渐密切，并最终成为悲剧行动的替代。在浪漫主义批评中，悲剧主人公依照悲剧观众的形象被重新塑造，观众在感情上的分裂被认定是悲剧的起因。原先包含在整体戏剧行动之中的怜悯和恐惧的合成反应，被拆离为可以在观众头脑中被察觉和调节，并且互相对立的真实情感。这种通过主人公把悲剧行动融入观众意识的企图掩盖了观众与悲剧行动在本质上的分离。我们现在通常把这看作是一种浪漫主义的过度，但它的基础在于人们早就将戏剧行动归结为共有行为。这正是规范性(decorum)之理念的本质后果。

莱辛与传统

后封建时期悲剧观念最值得注意的一点，是它与实际的悲剧创作主流之间的距离。虽然它以普遍认可的古典和中世纪思想为理论框架， 27
在整理这一严肃遗产的名目下对其进行了深刻的改造，但它却忽视了许多正在改变悲剧自身的全新发展。甚至连悲剧的世俗化也是形式多于实质:在术语保留的背后是内容的抽空。尽管如此,新的内容在伊丽莎白和詹姆斯一世时期的悲剧中已经大量出现。值得注意的是,莱辛的主要贡献在于从理论上摈弃新古典主义,为莎士比亚辩护,提倡和创作资产阶级悲剧。我们必须看到,这些立场是一个新的情感结构的组成要素,而此前的准备工作既漫长又深入。

在关于悲剧的争论中，把伊丽莎白和詹姆斯一世时期的悲剧与传统联系起来的做法最意味深长和富有争议。与过去许多理论家一样,莱辛在当代志趣和价值的促使下，重新解释了以往的整个传统。在他看来,新古典主义是虚假的古典主义;古希腊文化的真正继承人是莎士比亚;莎士比亚的真正继承者是民族资产阶级的新悲剧。作为对历史的阐述,只有以上第一点是符合事实的。我们可以看到,新古典主义是古希腊理论和实践的贵族式翻版,而不是它们的复兴。莎士比亚当然不是古希腊文化的继承人;他是一种新悲剧的主要代表。为了使他的观点被人接受，莱辛不得不将古希腊和伊丽莎白时期的悲剧同化进那个“传统的”模式。这在一定程度上表明“传统”作为一个经久不衰的概念具有很重的分量。正如我们已经看到,莱辛在策略上是成功的,但如果把他的论点看得比这更高,那我们就错了。我在这里无意进行诋毁,只是想说明那种修正过去以适应当代感受的正常压力。

有人认为莎士比亚的戏剧创作原则与古希腊在根本上是一致的。该看法只能在一种意义上成立：二者可以被纳入某种对它们的特殊解说。同样道理,这类论点赖以克服明显差异的那种共同人生观并没有什

28 么实质性内容,它不过是当代人对悲剧的一种诠释。十八世纪中叶所理解的索福克勒斯和莎士比亚之间的真正共同因素就是十八世纪中叶。由于推翻新古典主义的历史意义确实重大，所以我们没有必要抛弃莱辛的论点。尽管如此,我们还是要搞清楚他的论点究竟是什么。为了充分做到这一点,我们必须回到他的第三个陈述:谁又是索福克勒斯和莎士比亚悲剧的继承人。

在二十世纪,由于一些我们将要探讨的原因,古希腊和伊丽莎白时期悲剧的同一性仍然被广泛认可。具有讽刺意味的是,虽然德国启蒙运动和稍后的欧洲浪漫主义运动产生了这种同一性，但偏偏又是这两个历史时期现在被指责丧失了悲剧的精髓。这是我们所熟悉的对传统进行选择和再选择的例子。资产阶级悲剧和浪漫主义悲剧当然不同于莎士比亚悲剧，但我们也很难说它们与莎士比亚悲剧之间的共同之处少于莎士比亚悲剧与古希腊文化之间的共同之处。如果我们能够认识到所有这些时期都有非常独到的地方,那么,我们或许可以进而看到它们之间也存在共同点。来自“传统”的压力是如此巨大,以至我们必须不断地进行同化,但进行这些同化的动机却很少被考察过。

在我们所生活的世纪，人们不但普遍接受古希腊与伊丽莎白时期的同一性,而且认为伊丽莎白时期的悲剧主要是对中世纪的传承。这当然是此同化行为的关键,因为由此产生的悲剧本质是一种秩序感,即一种生命秩序,它不但比人更加强大,而且具体地、有意识地作用于人。然而,以前的同化行为的关键并非在此,而在于人道主义,即一种主导性的抱负、尊严和同情。由此我们不难看出为伊丽莎白时期悲剧做出历史定位为什么如此重要。如果人们强调起主导作用的秩序,那种回顾性的同化就有了保证（尽管古希腊人与中世纪基督徒之间的差异也会给同化带来一些困难)。但如果人们强调人道主义要素,一种包括浪漫主义
29 在内的前瞻性同化同样得以完成。并且就前一种立场而言,其敌人不再是理性主义和浪漫个人主义的精神，而是中世纪和新古典主义思想中

冷冰冰的繁文缛节。

在这些不同的选择面前，最坏的情况就是以为我们现在必须在它们之间做出取舍。唯一有效的方法是采取历史的态度，把它们看作不同传统的个例。因为事情似乎是这样的：伊丽莎白时期悲剧的性质，取决于一个现存秩序与新的人道主义要素之间非常复杂的关系。如果这样，我们就能够看到已经发生的各种不同形式的同化行为的历史基础。莱辛之所以能够摈弃新古典主义，是因为他发现伊丽莎白时期的悲剧有一些真实的特点确实与他自己所处时代的精神相互关联。反过来说，他没有能够清楚地看到它们之间的真正区别。同样道理，莱辛之后的回顾性同化也有赖于伊丽莎白时期悲剧中的某些特点。这些特点的确存在，并且能够引起某种特殊的精神反应。再反过来说，后来的人也没有意识到那些与资产阶级悲剧及现代悲剧联系在一起的新要素。

世俗悲剧

如果要对悲剧观念的历史发展有一个充分的了解，我们主要就必须揭示出那个异常复杂的世俗化过程。在一定意义上讲，所有文艺复兴以后的戏剧都是世俗的，完全宗教性质的悲剧属于古希腊时代。然而，这里起决定作用的也许不是社会制度的直接环境，而是信仰的广泛背景。伊丽莎白时期戏剧虽然在其具体实践中是彻底世俗的，但它无疑还保留着一种基督教的意识。新古典主义才是戏剧本质世俗化的初始阶段，但这一事实的重要性也由于它自身的理论重心而被削弱（它把规范看作法典，而不是信仰）。新古典主义时期的悲剧定义是批判性的，而不是道德的或形而上的。我们现在要探究的是新的道德和形而上观念的出现，它们既复杂，又互相矛盾，而且对悲剧行动的整体概念产生了影响。

对理性道德的日趋强调在一个重要方面影响了悲剧行动。它坚持 30

把苦难与道德过失联系起来,从而要求悲剧行动体现某种道德架构。但在十八世纪，这种苦难与道德过失的联系受制于人性静止不变的普遍看法。人们较少意识到传统道德和社会规范对这一联系的制约。这些规范事实上是特殊的历史现象,却被当作绝对的东西。在这个意义上讲,新的资产阶级道德重点发生在规范的概念之内。它添加的内容是对赎罪的信仰,而不是有尊严的忍受。从这个意义上说,过失一旦被证明,变化就成为可能。按照这一观点,悲剧表现的是过错所导致的苦难,和来自美德的幸福。凡是不这样做的悲剧都必须改写,甚至重写,以达到越来越多人所说的“诗学正义”之要求。也就是说,坏人将遭难,好人会幸福;或者像中世纪所强调的那样,坏人在世上过得很糟,而好人会发达。悲剧的道德动力就是实现这种因果关系。如果观众看到善恶因果关系的示范,他们会受到触动而好好生活。在悲剧行动之中,戏剧人物自身也会有同样的认识和改变。所以说,悲剧灾难要么感动观众而使他们获得道德认识和决心;要么可以由于良心发现而被彻底避免。

我们现在习惯于藐视这一观点,认为它一定是肤浅的。然而,这里的弱点不是它提出了那个的确不可避免的基本要求，而是它不得不把道德看成是静止不变的。它虽然表达了基督教和人道主义思想的主要传统，却受到一个不断扩大并沾沾自喜的中产阶级社会狭隘教条的束缚。在这一传统中,对苦难的反应必定是赎罪,而对邪恶的反应则是忏悔和行善。然而,由于受到一种具体成败观的限制,人们对道德的强调变成仅仅是教条,甚至连忏悔和赎罪也带有适应的性质。如此一来,一种原来非常传统的道德观变成了一种意识形态,它被强加于经验之上,
31 以遮掩更加难以接受的对实际生活的认识。把这种结构叫做“诗学正义”具有讽刺意味,它恰恰表明了这一意识形态的特征。这种道德因果关系可以在故事中得到展示,却无法应付足够多的实际经验。这种虚构与经验之间的距离是人们后来观察到的主要事实，而对无法解释和显然非理性的苦难的觉悟也为最终推翻这种因果论及其整个道德观提供

了基础。

黑格尔与黑格尔派

我们可以把整个讨论提升到一个更高的层次上。黑格尔虽然没有摈弃被称为"诗学正义"的道德架构，但他把它描述为普通道德的胜利。他还把体现这种道德的戏剧称为社会剧，而不是悲剧。这一点，加上其他若干因素，使得悲剧定义的中心落在了一种特殊的精神运动之上，而不是一些具体的事件之中。一种形而上的悲剧观于是同时取代了批判的和普通的道德重点。这一新的重点把悲剧看作一种特殊的甚至是罕见的行动和反应，它标志了现代悲剧观念的主要来源。

黑格尔认为，悲剧中重要的因素不是苦难本身("那不过是苦难")，而是引起苦难的原因。单纯的怜悯和恐惧不是悲剧性的怜悯和恐惧。悲剧性的怜悯和恐惧其实与一种具体的戏剧行动相关，而这个行动又"与精神的理性和真实并行不悖"。正如"普通道德"被排除在悲剧的过程之外，对"外部权力和压迫"的普通恐惧，以及对"他人之不幸和苦难"的普通同情现在也被与悲剧性的情感区别开来。悲剧将苦难看成"完全由人物自身的行为所引起"，这种行为具有悲剧人物涉入其中的"伦理内容"，它不同于完全外部的偶发事件及其相关境况，如疾病、财产损失、死亡等等：个人在后面这些情形中不起任何作用，也不担负任何责任。(值得我们注意的是，黑格尔在讨论"普通的"和"悲剧性的"情感时所使
用的语言与前人关于规范的阐述是类似的："只有你的乡下表兄才会表 32
现出这种同情"，即对他人之不幸和苦难的同情。"而一个高贵和伟大的人却不会希望被这种同情心所窒息"。"真正的同情与伦理的主张一致……与受难者有关……当然不会为衣衫褴褛的人和流浪汉所感动"。)

可见黑格尔的悲剧定义之核心是伦理实质的冲突。正因为这样，它就被局限于一定的文化和历史时期：

> 对于真正的悲剧行动,有一点很重要,即个人的自由和独立,或者至少是自我决定的原则,以及在自我中寻找个人行动的原因和后果的意志,应该已经被唤醒。

与此同时,这种自觉的个人主义只是悲剧的条件。通过这些条件,真正的悲剧行动有可能发生:包含着必然冲突及其解决的行动。在古典悲剧中,个人有意识追求的目标具有“普遍和本质的内容”。我们的同情“既被简单的冲突以及关于生命本质力量的问题所唤起,又被人类心灵像上帝一样的显现所激发,悲剧的主人公正是作为它们的独特代表而被呈现在我们面前的”。有一些其他种类的内容不要求悲剧性的解决,因为它们缺乏伦理上的重要性和实质性,而且也不代表生命的本质力量。就像在喜剧中那样,它们的解决只涉及“虚假”的矛盾和对抗,其中没有实质性的内容。但在悲剧中,个人的目的和随之而来的冲突都是实实在在和必不可少的。“尽管剧中人物各自的主张本身是基本合理的,但他们在推行各自主张的过程中必须遵守悲剧的要求。也就是说,他们必须暗示一对矛盾,而矛盾双方都因为过于偏执而导致伤害”。究其原因,当不同的伦理力量被附属于“人类活动的外部表述时,它们之间的和谐被打破,然后又被放置到前后交替的排列中相互对照”。随之而产生的冲突最终获得悲剧性的解决。从本质上讲,这就是在扰乱平静的个性之沦落中恢复“伦理的本质和统一”。所以说,悲剧虽然涉及个人的沦落和毁
33 灭,它却“超越单纯的恐惧和同情……而提供一种和解的感觉……借助于它的永恒正义观,这种正义由于所有狭隘的目标和激情的相对要求而施加了一种至高的绝对偶然力量”。

根据黑格尔的理论,悲剧行动中合理但又片面的主张不可避免地会产生冲突;通过悲剧性的解决,它们相互妥协,甚至不惜毁灭代表这些主张的个人。黑格尔认为,古典悲剧中的人物非常明确地代表各种本

质性的伦理目的;而在现代悲剧里,目的似乎更加个人化了。人们更加关注“独立的个人和他的状况”,而不是“伦理的正确和必然”。悲剧解决的方式也因此而不同。在古典悲剧中,为了实现永恒的正义,互相冲突的人物和目的最终沦落。而且,个人可以在更高命令的指示下放弃自身片面的目的,或者更有趣的是,在自身中获得完满和解决。在现代悲剧中,整个悲剧解决的问题要困难得多,因为现代悲剧的人物更加个人化。正义本身也更抽象、更冷酷,甚至好像只是外部环境中的纯粹意外,从而只能引起惊讶或同情。当悲剧解决得到实现时,它通常发生在人物的内心,而且较古典悲剧更为复杂、更少令人满意。其原因是,现代悲剧不是强调人物所代表的伦理本质,而是强调人物本身及其个人命运。

黑格尔对悲剧的解释是一种普遍哲学的一部分。无论令人信服与否,它都不能被看作历史批评。它对必然冲突和悲剧问题之解决的强调在许多不同的方面影响非常广泛。在布拉德利的影响下,人们越来越没有可能从现代悲剧中找到冲突之解决的客观性,虽然这一困难在黑格尔那里早已显露。布拉德利把重点转向自我分裂和自我修复,最后似乎创造了一种悲剧心理学,而不是悲剧伦理学,尽管他的心理学带有明显的理想主义色彩。悲剧主人公内心的冲突取代了体现在特殊人物身上
的冲突,悲剧主人公的孤立(黑格尔认为这是现代悲剧的特点)变得普 34
遍,并成为决定性的精神假定。也就是说,世界的精神历史失去了普遍和客观的特点,从而变成个人内心的活动。

另一方面,在马克思的影响下,精神历史的客观性既得到了肯定,又被加以改造。伦理力量的冲突以及它们通过更高力量的解决,都被用社会和历史的术语来阐述。社会发展的性质被看作必定是矛盾的。当互相冲突的力量因自身性质的规定而必须采取行动并将其进行到底的时候,悲剧就产生了。就像他对黑格尔做出的其他更为一般的反应一样,马克思采纳了关于精神发展的论述,然后将它转变为一种关于社会发展的论述。

后来的马克思主义批评家进一步发展了这一悲剧观念。于是,古希腊悲剧被看成原始社会形态与新的社会秩序之间冲突的实际体现。文艺复兴时期的悲剧则被看成是垂死的封建主义与新兴的个人主义之间冲突的体现。在悲剧的问题中,受到肯定的不是黑格尔意义上的永恒正义,而是由一系列重大社会变迁构成的一般历史运动。并不是所有这种类型的冲突都会导致悲剧。只有当每一方都觉得自己必须采取行动,而且都不愿意妥协的时候,悲剧才发生。在这种马克思主义的批评中,悲剧主人公是用黑格尔式的语言来定义的,虽然它不直接来自黑格尔关于悲剧的论述。悲剧主人公是“世界历史中的个体……他个人的特殊目的中包含着本质性的东西,这就是世界精神的意志”;或者用马克思主义的术语来说,他是一个“将个人激情倾注于冲突之内容的人”(卢卡奇)。像这样把“世界历史中的个体”与“悲剧人物”等同起来,并不一定是马克思主义的立场,因为它把关注点从存在于整个行动之中的客观冲突转移到个别的英雄人物身上。就马克思主义批评来说,如果这个人物体现的是“世界精神意志”或历史意志,他不一定会被看作是悲剧性的。在这方面上,正如在其他若干方面一样,卢卡奇是一位黑格尔派的
35 批评家,而不是一位马克思主义批评家。

马克思主义对黑格尔悲剧理论的改造所带来的,似乎是一个关于完整而客观的悲剧行动的定义。在这一行动之中,相互冲突的人物动作既是必须的,又是不完整的。马克思主义批评家不可能保留黑格尔的“和解”理念来作为悲剧的问题,因为这在本质上是世界绝对精神对“永恒正义”的复原。如果我们承认这些冲突在根本上是社会的和历史的,那么,批评的切入点就在于黑格尔定义现代悲剧时的困难。很明显,“永恒正义”的绝对精神在古典悲剧中要比在现代悲剧中更容易解释,前者的公开背景是形而上的,而后者则关注个人的命运。因此,人们要做的不是将孤立的个人命运与整体的行动等量齐观,而是应该考察各种不同类型的行动,弄清楚它们因不同本质内容而产生的悲剧影响和问题。

我在后面讨论悲剧和革命的章节中还会回到这个问题上来。

由于黑格尔的影响(虽然不仅仅是通过那些直接的方面),那种受限于当时的流行信仰或者被归结为单纯技术批评的悲剧理论变成了一个思想体系,阐述着一种普遍但常常又是少数人的对生活和当代经验的态度。黑贝尔的著作就是一个有趣的发展。在他看来,悲剧是发生在最具普遍人性的个人与通过社会及宗教机构塑造而成并限制着他的“理念”之间的冲突。个人的理想要求发自内心,但他对被体现的“理念”必定持批判态度,并最终与其发生冲突。这一要求是合理的,也是致命的:“它是一个由世界历史进程所驱使的行动,但它同时也摧毁了实施这一行动的个人,因为他部分地违反了道德规则。”因此,悲剧从根本上与人类成长的重大危机联系在一起,如古希腊时期“人与命运”的冲突以及文艺复兴时期人的二元论。类似的危机不断出现;在现代悲剧中,冲突还延伸到理念自身:“不仅人与道德观念之间的联系引起争议,而且那些道德观念本身的合理性也受到质疑。”这是第一次从理论上论述了现代戏剧中一个即将变得十分重要的领域,即自由主义悲剧这一新的戏剧形式。 36

叔本华与尼采

把悲剧与伦理危机、人类成长以及历史联系起来,只是现代悲剧理论发展的一部分。与此截然相反而且在西方文化中更具影响力的是另一种类型的悲剧世俗化。说来奇怪,这正是命运的世俗化,其中最重要的声音来自叔本华:

> 只有乏味的、乐天的、新教理性主义的或者专属犹太民族的世界观才会要求诗学正义,并从中得到满足。真正的悲剧意识是一种更加深刻的见解。这就是说,悲剧主人公所赎的罪孽不是他自身

的，而是原罪，即生存本身的罪过。

在这一阐述中，叔本华忽视了“诗学正义”之理念所经历的变化，因为它实际已经从一个特殊文化中固定不变的道德架构变成悲剧与历史危机之间更具活力的关系。然而从他的角度看，这种巨大的变化注定是次要的。黑格尔和黑格尔派的悲剧观始终关注如何通过混乱到达秩序，并把悲剧解决与悲剧苦难看得同等重要，进而寻求积极且确定的具体意义。叔本华所提供的是一种对普遍人类命运很不寻常的理解：他将命运置于任何具体成因之上。在这方面，叔本华引领了（人们往往忽略这一事实）当今似乎占据主导地位的悲剧观，即认为悲剧行动和苦难植根于人的本性，外部的历史和伦理因素不仅毫不相干，而且会因为它们的“非悲剧性”而产生阻碍。叔本华一再强调：

> 我们在悲剧中看到的是难以言说的苦难、人类的悲哀、邪恶的胜利、机遇的恶作剧以及正直无辜者不可挽救的失败。

我们在悲剧行动中所看到的是邪恶和盲目命运的威力。说得更具体一些，或者用叔本华最典型的话来说，我们从中看到的是苦难之不可避免
37 的常态。就这第三种状况而言，我们看到的是

> 自己纠缠不清的命运和行为所引起的最大痛苦，所以我们不能埋怨不公；我们惊慌，感觉自己已经处在地狱的中央。

这不仅仅是关于悲剧贴近日常生活的一般认识。本世纪，后自由主义悲剧的大多数作品正是从这一立场出发而写成的。在这些悲剧中，

> 道德上普普通通的人物，在常见的情况下……为各自不同的

> 处境所驱使，眼睁睁地故意尽力伤害对方，其中没有一方是全错。

我们由此可以看到，

> 最悲惨的不幸不是什么例外，也不是由罕见的境况或魔鬼般的人物所导致的；它自动产生于人的行为和性格，或者说几乎是人的行为和性格之本质。这使得悲剧令人恐怖地紧靠着我们。

悲剧的意义在于如此认识生活的本质。悲剧主人公之所以重要，是因为他做出妥协。他不仅向生活让步，而且放弃生存的愿望。悲剧主人公心中原有的生存意志必须完全熄灭。从这个意义上讲，他们在苦难中得到净化。

具有讽刺意味的是，在这种看似绝对的否定中，尼采找到了一种新的、悲剧性的肯定。在《查拉图士特拉如是说》中，尼采这样论及他的《悲剧的诞生》：

> "悲剧引导我们走向终极目标，即妥协。"但狄奥尼索斯向我讲述的是一个完全不同的故事。在我看来，他的教训绝对不是颓废主义的。我因为不得不借用叔本华的阐述而模糊和糟蹋了狄奥尼索斯的启示，这的确很糟糕。

尽管如此，尼采与叔本华之间一脉相承的关系是真实的。尼采所改变的不是叔本华关于生命之悲剧性本质的理解，而是随之而来的悲剧定义。对尼采来说，我们必须做出的反应是积极的，是一种从人类不可避免的苦难中获取的悲剧性快感。悲剧行动展现苦难是为了超越苦难。

换句话说，按照尼采的观点，悲剧戏剧性地表现冲突，然后在一种 38
更高层次的和谐中使之得到解决。这与黑格尔的理论在结构上有相似之处，虽然其中的术语已经完全改变。悲剧“以阿波罗的方式体现狄奥尼索斯的见解和力量”。它创造英雄只是为了摧毁他们，以强调生命的原始统一和欢乐。“英雄作为意志的最高体现被摧毁了，我们对此表示认可，因为他也仅仅是一个现象，但意志的永久生命却丝毫未受影响。”悲剧中形而上的欣喜就是这一积极的交流过程：

> 它让我们明白，每一件新产生的事物都必须准备面对它的痛苦消亡。它迫使我们正视个体存在的恐怖，但我们并不被所见到的事实所吓呆，因为一种形而上的安慰暂时将我们提升到瞬息万变的现象旋涡之上。在一个短暂的时间里，我们自己成为原初的存在，体验着对于生存之永不满足的渴望。那时候，我们把人生的奋斗、苦难以及表象之毁灭都看作是必不可少的，因为千万种生命正在不断涌现，世界意志又如此兴旺昌盛。

值得顺便一提的是，十九世纪悲剧观念的这一改变与进化思想的发展有相似之处。生命形式由旧到新，由低到高，这在过去和后来都被认为是一个历史的过程。在十九世纪后半叶，此观点被一种阐述冷酷无情而生生不息的“自然和生命法则”的宏伟思想所取代。尼采的意象显然与这一发展相关联。这些关于历史和形而上危机的对立观点曾经深刻影响过悲剧理论。在这个意义上，它们是同一思想运动的组成部分，
39 而进化理论本身或许只是它的一个征兆而已。[①]

---

① 达尔文的自然选择理论被用做比喻，来描述不可避免的冲突和竞争，其中最明显的例子是“社会达尔文主义”。该理论现在看来可以说是一个试图将十九世纪资本主义社会合理化的努力。“适者生存”不是被理解为最具适应能力者生存，而是被理解为最强壮和最具侵略性的生命形态生存。因此，“丛林”和“鼠类”这些词语被继续用来比喻现代社会生活。“选择”一词似乎因人而异的解释总是这一新的宿命论强有力的媒介：将“无情选择”的“自然”拟人化，是貌似科学的形而上思维的残留。各种生命形态之间复杂的相互依赖关系

当尼采论及起决定性作用的文化危机时，我们再一次听到上述观点的精确回音：

> 自然真理和文明自我夸耀的谎言之间的这种对照，与事物的永恒本质和整个现象世界之间的对照十分相似。

在这个意义上，悲剧成了许多强有力的观念之一，它被用来表达和展示人性与当代现实社会之间的对立。然而，尼采以他特有的方式把这种广泛的经验一下子提升到一个绝对的高度，并将其抽象为“生命”与“现象世界”之间的对立。

然而，尼采坚持认为这一简单的对立在悲剧中被戏剧化并被超越：

> 真理一旦被认识，人就处处感到存在之令人恐怖的荒诞性。……当意志处于极度的危险之中，艺术这个巫婆般的治愈专家靠近了他；只有她能够使他从恶心状态进入想象，从而使生存成为可能。

悲剧性的行动不是道德的，也不是净化的（尽管它包含医治的意象），而是审美的：

> 悲剧吸纳最高层次的狂欢音乐，并因此而使其完善。它然后将悲剧神话和悲剧主人公置于两旁。就像力大无比的提坦，悲剧主人

本来可以支持一种完全不同的普遍观点，但它却被对自然生命之局部的强调所替代。人们看到捕食者和食肉者，但无论这一部分生命多么残酷，它与进化的观念毫不相干。在遗传学问世之前，人们对于生物通过遗传和变异而发展的过程并没有太多的认识。然而，旧的观念和比喻流传至今，并且拥有强大的感染力。这基本上是一种从人类社会经验中得出的关于机遇和残酷人生的解释，然后被投射和神秘化为“自然规律”。

> 公肩扛整个狄奥尼索斯世界，卸下我们身上的重负。同时，悲剧神话又通过悲剧主人公把我们从对世俗满足的急切渴望中解救出来，使我们意识到另一种存在和更高层次的欢乐。为了带来这种欢乐，悲剧主人公时刻准备奉献，但不是通过胜利，而是通过毁
> 40 灭。……神话保护我们不受音乐的冲击，同时又给予音乐以最大的自由。反过来，音乐赋予悲剧神话一种令人信服的形而上意义，这是没有音乐衬托的语言和形象所永远不能做到的。而且，虽然是通过毁灭和否定的途径，它给观众带来至高的欢乐，从而使他们感到事物的原始状态在对他们发声。

这段叙述强调悲剧是一种交流行动，这比其他的细节更为重要。但是，它的批判效果却被“审美的”与“道德的”这种一般性区分所削弱。这一区分在那个时代很常见，其主要依据是“道德的”和“形而上的”这两个概念之间的对立（人们经常压制这种对立，但尼采不在其列）。受到质疑的不是我们通过艺术得到智慧，而是一种特定的与“生存智慧”相对立的“理性智慧”。

我想我们必须摈弃“审美的”与“道德的”这两者之间的虚假对立，而且要审视被掩盖了的“道德的”与“形而上的”这两者之间的真正对立。正是在这一点上，尼采理论的一个主要部分（即他对神话的解说）具有重要的历史意义。“只有充满神话的视野才能统一文化。……悲剧的消失也意味着神话的消失。”尼采认为，古希腊文化中神话的消失源于“苏格拉底精神”的崛起，后者“把知识当作真正的万能仙丹，而把错误当作极端的邪恶”。自苏格拉底以来，“知识和科学乐观主义的辩证潮流使悲剧偏离了它的航道”。“只有当科学被最终推到极限，只有当它面对这些极限而被迫放弃其普遍有效性的主张，才会再生悲剧。”

在尼采撰写《悲剧的诞生》时，他以为这个时刻差不多已经到来：“我们……这个时刻似乎正从亚历山大时代后退到一个悲剧的时代。我

们不能不感到，一个新的悲剧时代的开始对于德意志精神来说只是回到自身,这是一个令人欣慰的真实身份的重新发现。”后来,他又无法相信所发生的一切:“德意志的思维……毫无疑问即将放弃任何这一类的志向,并退而转向平庸、民主以及‘现代思想’。” 41

把悲剧、神话、对科学的排斥以及政治上的反动如此强有力地联系起来具有非常重要的意义。在悲剧理论里,最显著的具体后果是神话被强调为悲剧性知识的源泉,而仪式也被当作对交流行动的描述。我们可以顺便看一下尼采对普罗米修斯神话的强调:

> 为整个雅利安民族所特有,并[见证]了他们创造深刻悲剧的杰出才能……人的至善必须付出罪恶的代价，必须由大量的悲伤和痛苦来偿还。这是受到冒犯的诸神对具有崇高追求的人类的赐予。雅利安人观念(不同于“犹太教关于堕落的神话”)的独到之处在于,它把积极的罪过提升为合理的普罗米修斯的美德;这种观念为我们提供了悲观主义悲剧的伦理根据。这后来还被解释为在替人类的罪孽提供辩词,也就是说,它是在解脱人类的罪过以及为这些罪过所带来的负疚感而承受的痛苦。

这种“悲剧乃事物之本质”的特殊观点变得非常流行,它成了一切人类抱负(特别是人道主义理想)“不可避免的悲剧”。

重要的是，尼采有关神话和仪式的论述实际上同时在另一个非常不同的领域里再现。一个最近翻译尼采著作的学者这样写道:

> 看来《悲剧的诞生》的主题思想完全凭直觉预示了弗雷泽、吉尔伯特·默里以及简·哈里逊日后建立的无可辩驳的论点：古希腊悲剧起源于仪式，而所有原始文化中的神话与仪式又是相互依存的。

然而，我们从这句晚至1956年才发表的话中真正看到的是一套现代悲剧思想的“无可辩驳”的特点。这套思想现在不仅是尼采的直觉感悟,而且似乎是一门科学,尽管这听上去颇具讽刺意味。

“神话”与“仪式”

所谓“经典人类学剑桥学派”至今还保留着这一称号。无论意图何
42 在,他们所做的工作已经成为悲剧观念的最新潮流。我们必须坚持把它放到历史和意识形态背景中去。特别是当它被别人运用的时候,它起到过一种重要的诠释作用。现在需要声明的是,它最多只是一种解释。就跟先前的许多理论一样,它既不是公认的人类学,也不是公认的经典学问,而是一个推测性的思想体系。它的重要性就是如此,不多也不少。

有关悲剧起源的讨论既详尽又复杂,因而不可避免地被专门化了。(证据的极度匮乏虽然增加了讨论的复杂程度,但并没有因此减少它的详尽程度。)然而,我们都可能惊奇地发现,那些引用剑桥学派结论并称赞它们“无可辩驳”的评论家们似乎不知道皮卡得—坎布利奇发表于1927年的强有力的反对意见，更不用说人们对那种空泛的文学人类学在方法论上所进行的一般性批评。这种人云亦云的不严谨作风所带来的最严重后果是“神话”和“仪式”以及“仪式”和戏剧行动在当前批评中的普遍混淆。这些术语已经被应用于莎士比亚悲剧,就其目前的形式而言,它们的确似乎可以被无限延伸。我们需要澄清的是“神话”的两种不同含义:其中一种指的是英雄传说,另一种是尼采意义上超理性的精神智慧源泉。我们有足够的证据将各个时期的悲剧与前一种含义联系起来,但要将它们与后一种含义联系起来,光有字面上连接是不够的。从现代意义上讲,古希腊和其他时期的英雄传说既不是理性的,也不是非理性的,因为它们主要被看成历史。然而,这些传说的戏剧处理方法极

其多样。对现代人来说,英雄传说也许包含着非理性的因素,但我们很难说它们多样的戏剧化形式能够通向某种超理性的源泉。同样,作为崇拜某个神灵的一种方式,仪式也不能被轻易地与各种戏剧行动等而视之。在这些戏剧行动中(不包括少数受这种理论影响而创作的近期戏剧),根本不存在真正意义上的仪式。事实上,在现代的悲剧观念中,“神话”和“仪式”是被当作隐喻使用的。但我们因此必须提问:当作什么东西的隐喻?

依据这种解释,悲剧行动的意义在于死亡和再生的循环。这一循环 43
与自然的季节相连,而它的中心是一种具有牺牲意义的死亡。死亡又通过哀恸和发现得到再生:旧事物的死亡即新事物的胜利。这里所描述的基本运动(旧秩序的死亡生成新的秩序;涉及死亡和痛苦的行动可以释放能量)确实是一种普遍的悲剧意义,但无论如何不是绝对的意义。不管在修辞上怎样定义,把这种运动与年岁的转换、季节的变化、神灵的死亡、祭祀中的杀戮以及精神上的再生联系在一起,只是提供了一种有关起因的解释。这根本不是一个学术研究的问题,而是有关生命本质的主导观念的问题。如果有人明确指出这种关于起因的解释是合理的,我们可以把它作为许多解释中的一种而加以尊敬。但是,我们不能心安理得地把这种解释当作“唯一的悲剧观”,以为它得到了从古至今有关悲剧起源“无可辩驳”的事实的佐证。

我们需要继续深入下去。在可以争议的学术研究和逻辑推理的细节背后,这一悲剧观念希望传授的主要内容似乎是,苦难是自然秩序中一个至关重要的和充满能量的部分。(有趣的是,在许多后基督教思想家那里,进化和正在死亡的上帝走到了一起。)以这样的态度对待生命过程被看作是“悲剧性的”反应,它有别于“道德的”、“乐天的”或“理性的”反应。后面这几种反应因为摈弃了自然秩序而采纳“仅仅是人类的”秩序,所以对苦难和悲剧的看法非常不一样。悲剧的整个传统因此取决于某个特殊的意义,其他类型的戏剧或理论被看作“不具有真正的”悲剧性，或者最多是“不纯正的”。

此外，一个真实而复杂的传统正在被二十世纪另一种关于古希腊悲剧本质的解释所阐述和界定。这种解释与我们已经讨论过的布拉德利所代表的悲剧观念非常一致。处在这个“仪式”行动中心的毕竟是悲剧主人公。他的内心冲突是悲剧行动的全部，他的危机和毁灭可以被看作以生命为目的的仪式性破坏和牺牲（考虑到神话的普遍性）。这样一来，我们不但看到神话在一种特定的现代意义上被用来使后基督教的
44 形而上学合理化，而且看到那个仪式性的人物被转变为一种现代的主人公。这种主人公在自由主义悲剧中也是受害者，他被社会所毁灭，但同时能够拯救社会。

我认为，我们必须把这些来自当代意识形态和经验的压力与暂时占主导地位的悲剧观联系起来。虽然这一观点只是当代的，但它被解释为历史的、绝对的。无论如何，悲剧经验与对它进行解释的理论和思想的复杂多变历史之间最新的交叉点是我们接下来要关心的内容。

三
悲剧与当代思想

在我们这个时代的苦难和混乱中，存在着很大的压力，要从过去挖掘出一批作品来否定现在。有这么一种普遍的反应，认为悲剧（或骑士精神或社团生活）曾经存在过。因为我们现在缺乏这样的信仰和规则，所以就创造不出悲剧了。要坚持这样的立场，我们当然必须否定当代人对悲剧的一般理解，并强调他们的理解是错误的。

由于它的巨大重要性，悲剧经验通常引发一个时代的根本信仰和冲突。悲剧理论之所以有趣，主要是因为一个具体文化的形态和结构往往能够通过它而得到深刻的体现。然而，如果我们把它看作对某个单一的永久事实的论述，那么，我们只能够得出已经包含在这一假定之中的形而上的结论。这里最主要的假定涉及本质永恒不变的普遍人性。（它源于基督教的一个分支，后来被"仪式"人类学和心理分析的一般理论所继承。）有了这样的假定，我们不得不按照固定不变的人性或人性的部分特征来解释悲剧。但是，如果我们（依据另一种基督教理论、心理学或比较人类学的证据）拒绝接受这样的假定，问题必然会发生变化。这
样一来，悲剧不再是某种特殊而永久的事实，而是一系列经验、习俗和 45
制度。我们不是根据永恒不变的人性来解释以上种种，而是根据变化中的习俗和制度来理解各种不同的悲剧经验。如此看来，大多数悲剧理论的普遍主义性质是与我们必然的兴趣背道而驰的。

与现代悲剧理论相关的最显著事实是，该理论与现代悲剧本身处于相同的思想结构之中。具有讽刺意味的是，在经历了一个世纪重要而持续的发展之后，现代悲剧理论坚持认为现代悲剧是不可能的。很难解释清楚事情为什么是这样。这里的部分原因似乎是人们无法在各种现象之间找到具有整体特征的联系。但还有一个重要的事实。悲剧理论原创性的部分主要出自十九世纪，它先于现代悲剧的创作，后来又被受过学术训练的人系统化了。这些学者习惯于以古论今，并且将批评理论与创作实践分离开来。

如果我们要评价这门艺术，那就无论如何必须突破那种理论。简单地说，就是把它看作与以往伟大悲剧时代同样重要的一个主要阶段。更加关键的是，我们必须研究现代悲剧中起着主导作用的情感结构、该结构内部的各种变化以及它们与真实戏剧结构之间的联系。此外，我们还应该对上述各个方面做出真正意义上的批评性反应。在本书的第二部分，我将直接讨论现代悲剧。但在此之前，基于早先概括的历史分析，我们有必要就悲剧理论的主要问题展开批判性的讨论。在我看来，这些问题涉及秩序与偶然事件、主人公的毁灭、无可挽回的行动及其与死亡的关系以及对邪恶的强调。

秩序与偶然事件

有人认为“日常悲剧”中不存在重要的悲剧意义。这一观点似乎建立在两个互相关联的信念之上。第一，事件本身不是悲剧，它通过某种被塑造的反应获得悲剧性（这意味着悲剧是艺术的问题，而不是生活的
46 问题；前者体现了那种被塑造的反应，后者则不然）。第二，有意义的反应取决于将事件与更为普遍的若干组事实联系起来的能力。在这种情况下，事件不只是偶然的，它能够承载某种普遍的意义。

我对这样的观点抱有很大的疑问。我看不出如何可能在终极意义

上就某一事件和对该事件的反应做出绝对的区分。有人当然可以说我们对某一事件没有做出反应,但这不等于反应不存在。我们可以恰当地区分已经诉诸可交流形式的反应和还没有诉诸可交流形式的反应,这将与后面的讨论相关。但就日常的死亡和痛苦而言,当我们看到哀痛和悲伤,当我们看到男人女人被他们的真实损失压垮,我们至少没有不证自明的依据说我们不在悲剧中。其他形式的反应当然是可能的:我们可以无动于衷、寻找托词(这在战争中经常发生),甚至感到如释重负或欢天喜地。然而,当痛苦被感受到并且传递给另外一个人的时候,我们很明显已经在悲剧的可能性范围之内。对于别人的哀痛和悲伤,我们当然可以用自己的方式表示冷漠或寻找借口,甚至感到如释重负和欢天喜地。但如果这样做了,我们必须清楚地知道我们在干什么。痛苦已经被传递给那些最紧密相关的人,而没有传递给我们,这本身就是一个关于痛苦的说明。它说明了那些相关的人,也说明了我们自己(这一点我们经常忘掉)。

将痛苦传递给我们这些没有直接参与事件的人的可能性显然取决于我们把该事件与其他更为普遍的若干组事实联系起来的能力。这个现在显得相当陈旧的标准确实很受欢迎,因为它让问题以一种迫切的形式表现了出来。当有些人听到一场煤井灾难、一个烧毁的家庭、一项中断的事业或者一次车祸的时候,他们很可能感觉不到这些事件完整的悲剧意义。当然,这一(我以为十分诚恳的)立场因为即刻受到掩饰而不会显得那么赤裸裸。人们把这些情形描述为偶然事件,认为它们无论带来多少痛苦或遗憾,都与普遍的意义没有任何联系。当某个特殊事件的那些不可获得的意义被描述为普遍或永恒时,这种观点就变得更加有力。

我们需要提出的中心问题是,究竟是什么样的一般(或普遍和永 47
恒)意义将我们前面提到的那类情形解释为偶然事件。在这里,甚至在一个更早的阶段,我们至少可以看到,人们习以为常的悲剧学术传统实际上是一种意识形态。值得怀疑的不是把某个事件同某种普遍意义联系起来的过程,而是这一普遍意义本身的性质和特点。

我曾经听说,如果“你和我”出去,被一辆汽车撞倒,这不能算悲剧。我不知道应该怎样去领会这一句话。它或许表示可爱的谦虚,或许代表冷漠和无礼,或许反映一种非常陌生的意识形态。我记得叶芝写过:

> 有一个冒失鬼把他的车错开到路的另一边:事情就是这样。

他还写道,

> 如果战争是必要的,或者在我们这个时代和地方是必要的,那我们最好忘掉它所造成的痛苦,就像忘掉发烧所带来的不适一样。

这段话与黑格尔对“单纯的同情”的描述已经有了很大一段距离。黑格尔把“单纯的同情”与“真正的同情”区别开来,因为前者缺少“真实的内容”,即“一种既与受难者联系又与伦理主张对应的情感”。它与布拉德利的重新陈述也有一定的距离:“单纯的痛苦或不幸,如果不是主要源于人为的因素,并且在一定程度上由受难者自己引起,无论它们怎样可怜或者可怕,都不能被认为是悲剧性的。”这里,“伦理主张”正面而且具有代表性的内容被改变成一个更加普遍的“人为”概念。但真正重要的是,布拉德利随后把伦理内容和人的作用从自成一类的日常苦难中分离了出来。

叶芝说“如果战争是必要的,或者在我们这个时代和地方是必要的”不过是标新立异,但他把若干类型的苦难作为“单纯的苦难”排除在悲剧之外的做法却具有典型意义而不容忽视。在黑格尔的语言中早就有迹象表明日常的苦难被排除。这无疑是下意识地将有意义的苦难隶属于(社会)显贵。此外,许多组成我们社会和政治生活及其真实人际关

系的痛苦也在相关的更深层次上被排除在悲剧之外。现代理论将悲剧 48
与“单纯的苦难”分离开来,其关键在于将伦理制约以及更为重要的人的作用与我们对社会和政治生活的理解分离开来。

在现代人对悲剧和偶然事件以及与其关联的悲剧和苦难所作的区分当中,我们反复遭遇一种被下意识和习性强化了的特殊世界观。这种世界观的社会特征可以在它的普通个案以及“你和我”这样的贬义词语中被识别。我们还没有拿“遭雷击而死亡”这类最为极端的情形来作例证。那些不被看作悲剧的事件(战争、饥荒、工作、交通和政治)来自我们自己文化的深层结构。声称在这些事件中看不到伦理内容和人的作用,或者认为我们无法将它们同一般意义(特别是永恒不变的普遍意义)联系起来,实际上是承认一种奇怪而特殊的失败。任何悲剧修辞都无法掩盖这一点。

要能够区分悲剧与偶然事件,我们或多或少必须制定一个规则或秩序,用来判断哪些事件是意外、哪些事件具有意义。然而,如果这个规则或秩序是不全面的(也就是说,如果它只能涵盖部分事件),人的一部分经验实际上就被异化了。即便在最传统的一般规则中,异化现象也确实存在。悲剧的定义依赖于权贵的历史就属于这种异化。某些死亡比另外一些死亡更为重要,而地位是实际的分界线:一个奴隶或仆人的死亡仅仅是偶发事件,当然没有悲剧意义。具有讽刺意味的是,我们自己的中产阶级文化恰恰开始于在表面上拒绝这一观点,即市民的悲剧与王子的悲剧可以同样真实。实际上,与其说这一立场抛弃了那种实在的情感结构,还不如说它把悲剧的范畴扩大到一个新兴的阶级。尽管如此,它的最终影响还是深刻的。就像在其他扩大法律范畴和投票权范围的资产阶级革命中一样,那些争取有限扩展的言论不可避免地变成争取全面扩展的言论。从王子到市民的扩展实际上成为向全人类的扩展,而 49
这一扩展的性质在很大程度上规定了自身的内容,直到悲剧性经验最终在理论上被延伸至所有人,但这种经验的性质却受到极大的限制。

人们过去强调悲剧中的地位，其中重要的因素始终是权贵人物的代表性。他的命运就是他所统治和体现的家族或王国的命运。在阿伽门农和李尔身上,一个家族或王国的命运得到了实实在在的演绎。然而，这一定义终究因为现实社会环境的变化而改变了它的原初形态。特别是到了资产阶级社会，人们不得不拒绝这种观点，因为个人既不是国家,也不是国家的某种成分,而是独立的个体。这样做既有得,也有失。一个蒙受苦难的下等人也可以得到更加严肃和直接的对待，但在强调某一个人命运的时候,悲剧的代表性和公共特征却丧失了。正如我们将要看到的那样，代表性和公共兴趣的新定义最终会在新的悲剧种类中得到体现。但在此之前,悲剧秩序的理念必须与这一秩序的实际丧失共同存在。这样一来,秩序就在理论层面上被抽象化和神秘化了。

一个实用性的后果发生了。悲剧中的地位成了对名人的炫耀,就像服装剧中那种玩弄头衔和辞藻的游戏。帝王过去曾经代表他的臣民,也代表生活和世界的共同意义。这种重要关系现在成了一种空洞的仪式:一种资产阶级时代的人自称国王或公爵的游戏。(我们生活于其中的二十世纪的封号和爵位也是一样,一个即将退休的总理被封为伯爵,一个达到一定级别的公务员被授为骑士。)有时候,这种仪式的确异化得比上述情形还要厉害。被用来炫耀的名字是阿伽门农或恺撒,一种社会秩序也因此而蜕化为一种古典教育。

那些主要的后果更为严重。一个把人、国家和世界联系起来的整体生活秩序最终变成一个纯粹抽象的秩序。悲剧意义被认为有赖于某个事件与某种假定的事物本质之间的关系，但那些曾经提供这类特殊关
50 系和行动的具体联系已经不复存在。黑格尔强调伦理内容,并把它与体现理念的历史过程联系起来，就是为适应这一新的形式而做出的重大努力。马克思又进一步将上述联系变成更加具体的历史。然而,关于永恒“事物本质”的观念却越来越脱离一切可以被认为属于当代的行动。情况变得越来越糟，甚至连尼采将苦难合理化的冷酷举动也被视为具

体的阐述而受到欢迎。“偶然事件”的意义完全改变了。在过去,命运或天意超出人的理解力,因此,他所认为的偶然事件实际上是命中安排,或这种安排之外受到特殊限制的事件。这种安排总是体现在制度之中,人会希望通过这些制度与它达成妥协。然而,如果存在命中安排的观念,却没有既是形而上又是社会性的具体制度,异化的情况就会发生。偶然事件的范畴会受到强调和不断扩展,直至涵盖几乎所有的现实苦难,尤其是现实的社会秩序所带来的后果。一方面,该情形被重新抽象为盲目必然性。偶然事件在此取代了命中安排而成为一种宇宙方案,它
们是客观的,而不是主观的。另一方面,有意义的苦难(也就是悲剧)在 51
时间上被推回到可以从中得出充足意义的历史时期。当代悲剧被认为是不可能的,因为那样的意义已经不复存在。这样,我们这个世界中那些活生生的悲剧就根本无法解决。它们无法被参照原先那些意义来解读。或者说,无论多么令人遗憾,它们只是偶然事件。要连接和解释我们的现实苦难,新关系和新规则是当代悲剧的条件。然而,认识新关系和建立新规则意味着改变经验的性质,及一整套依赖于它的态度和关系。发现意义就是能够发现悲剧。当然,看不到重要意义相对来说更加容易。于是,在强调秩序的表面下,悲剧的内容枯萎了。

这一发展不但影响了理论,而且影响了批评方法。如果我们希望思考悲剧和秩序之间的关系,那就必须思考足以用行动表现出来的实质性关系和联系。另一方面,秩序的抽象化以一种批评程序的面目出现。与之相应的观念是,悲剧行动使经验面对秩序,并使其就范。换句话说,它把秩序置于行动之先。第五世纪雅典的抽象信仰被阐述为那个时代的悲剧“背景”;“伊丽莎白世界”的抽象信仰被阐述为马洛、莎士比亚以及韦伯斯特作品的背景。事实上,这些阐述常常是循环论证。普遍信仰是从作品当中获取的,然后又被作为抽象和静止的东西应用于这些作品(古希腊宗教特别能说明这一点)。

然而,秩序与悲剧之间的关系从来就比这些论述和程序所暗示的

内容更加具有活力。在悲剧中,秩序是行动的结果,即使它在抽象的层次上完全对应于先前存在的传统信仰。与其说秩序在此得到展示,不如说它被再创造出来。在任何有生命力的信仰中,这总是经验与信念之间的关系。尤其在悲剧里,秩序的创造与包含着行动的无序状况直接相连。无论最终得到认可的秩序有何特征,它确实是在这一具体行动中被创造出来的。有序与无序之间的关系是直接的。

悲剧性的无序状态明显是变动不一的。它可以是反抗事物规律的人的自尊,也可以是某种人类渴望征服的更为普遍的无序状态。在内容的简单层面上,亘古不变的悲剧起因似乎不存在。无序和有序因文化不同而不同,因为它们是变化着的对生活的一般理解的一部分。我们不应该把这种变化看成发现唯一悲剧起因或情感的障碍,而应该把它当作悲剧艺术形式之文化重要性的标志。

虽然悲剧意义总是受到文化和历史的双重限定,但被用来体验和解决某种具体的无序状态的艺术过程却更加普及和重要。人们一直从先前存在的信仰和随之而来的秩序中寻找悲剧的本质,然而,恰恰是这些成分最受文化的限制。任何将这些秩序抽象为悲剧定义的努力,要么
52 误导我们,要么使我们对自己文化中的悲剧经验仅仅采取僵化的态度。秩序的观念只有溶化在具体的作品之中才具有重要性。作为沉淀物,它们只有文献的价值。

当今时代与此对应的现象是,我们的秩序观念正在悄然地发生变化,但文化的主流却依然如故。在本人对现代悲剧的研究里,我将尽力说明我们关于有序和无序的观念是如何顽固而空洞,尽管它们带有无所不在的个人主义倾向,而且与我们继承自古代并概括为永恒悲剧理念的关于悲剧有序和无序的定义几乎不在同一个世界里。悲剧的意义因文化的不同而不同,而且只在特殊的文化之中才具有普遍性。但是,它们在重要悲剧中的实现更多的是通过演员,而不是背景。真正的行动体现特殊的意义。那些被我们称为悲剧的作品的唯一共同点,就是以戏

剧形式来表现具体而又令人悲伤的无序状况及其解决。

因此，在搜寻悲剧之历史条件的时候，我们要找的不是关于命运、神灵统治或某种无奈意识的特殊信仰。把极度痛苦分离出来，然后将其融入持续不断的生活感觉，这一活动可以发生在持有根本不同信仰的迥然相异的文化之中。人们常常认为，这些信仰必须既普遍又稳定，才能产生悲剧。类似这样的论点支撑着前面提到的那个说法，即悲剧过去依靠的是持久的信仰，现在已经没有可能，因为我们缺乏信仰。戏剧行动和问题所体现的信仰必须具有一定的普遍性，这一点我不否认。正如我们将要看到，我们拥有类似的、属于自己的信仰，而且我们肯定能够避免只将某些(而不是另外一些)想法称为“信仰”的简单化的陷阱。

信仰稳定的问题更加重要。我并不想否认信仰稳定时期产生悲剧的可能性，但历史考察将我们带入的似乎正是这一方向。人们关于悲剧与信仰稳定性之间关系的通常说法几乎与事实完全相反。如果将信仰简单地抽象出来，使其脱离作为真实的个人行为和有效制度的语境，人们当然可以制造稳定的印象并重复传统的解释，尽管真实的状况明显 53
不那么稳定或者的确面临崩溃。这类现象中最出名的例子是对伊丽莎白和詹姆斯一世时期秩序意识的描述。这一中世纪晚期信仰的延续全然无视这种异常的文化张力正走向激烈内部冲突和实质性转变。在有些历史时期当中，人的信仰相对稳定，信仰与经验之间的对应也相对紧密。固然有悲剧在表现一般的生离死别并以社会认可的方式去解决这些冲突，但它们似乎缺乏力度。对这一共同程序进行强化并赋予它永久趣味的可能性，似乎更加依赖于信仰与经验之间的极度张力，而不是它们之间的完美对应。重要的悲剧似乎既不产生于信仰真正稳定的时代，也不出现于包含公开和决定性冲突的时代。最常见的悲剧历史背景是某个重要文化全面崩溃和转型之前的那个时期。它的条件是新旧事物之间的真实冲突，即体现在制度和人们对事物的反应之中的传统信仰与人们最近所生动体验的矛盾和可能性之间的张力。如果传统的信仰已经全面崩溃,这种张力显然就不存在。从那个意义上讲,它的存在是必须的。信仰既可能影响民众,也可能被深深地质疑。这种质疑与其说来自其他信仰,不如说来自直接经验。在这样的情形之中,将无序状态和人类苦难戏剧化并加以解决的共同过程就被强化至最容易识别为悲剧的层次。

主人公的毁灭

最常见的关于悲剧的解释是,它是一次主人公遭到毁灭的行动。这一事实被认为是不可挽回的。在一个简单的层面上,这样说显然是正确的,因而通常很少有人再深入追究。但这无疑只是一种解释,而且是片面的。如果把注意力集中在主人公一个人身上,那自然会产生这样的解释。我们一直警惕着可以被描述为没有王子的《哈姆雷特》那种阅读方
54 法,但我们几乎完全没有意识到与其相反而又同样错误的阅读方法,即把王子解读为没有丹麦王国的丹麦王子。我们需要恢复的正是这样的统一。

我们所谓的悲剧作品以主人公毁灭而结束的实际上为数不多。除了中世纪那种未成熟的形式,我们能够列举的例子大都来自现代悲剧。当然,在几乎所有的悲剧里主人公都遭到毁灭,但这通常不是行动的终结。在死亡之后通常伴随着某些物质或精神力量的重新分配。这在古希腊悲剧里通常表现为某种对宗教的肯定。它通过合唱队的在场或言辞得以实现,这也是它那个社会延续的基础。在伊丽莎白时期的悲剧中,这一点通常涉及国家权力的更替,它的标志是新的王子或起先放荡不羁而后被恢复地位的王子的到来。虽然这一重新整合的行动有各种不同的表现形式,但它们的一般功能是相同的。当然,这些结局现在通常被解释为仅仅带有告别性质,或者说是一种清理。在我们看来,那个重要的行动已经结束,而信仰的肯定、后事的安排、秩序的恢复或新人的

到来，都是相对次要的。当我们阅读维多利亚小说的最后章节时，里面的人物大团圆之后各奔东西，我们对此多少有点漠不关心，甚至不耐烦。对我们来说，如此恢复原状很乏味，因为它不怎么可信。事实上，这太像一个解决方案，因而被二十世纪批评家看成是对艺术的庸俗干预。（艺术家，乃至思想家，不应该提供答案和解决方法，而只描述经验和提出问题。）当然，这与二十世纪的另一种普遍做法并没有什么区别。说不应该有答案本身就是一种答案。

如果因为戏剧行动一直推进到主人公的死亡而把悲剧经验看成是无可挽回的，我们就在以偏概全，以主人公代替行动。我们以为悲剧就是发生在主人公身上的事，但常见的悲剧行动却讲述通过主人公而发生的事情。如果把注意力局限于主人公，我们就无意识地将自己局限于某一种经验（当今文化倾向于把这种局部经验看成全部）；我们还无意识地将自己局限于剧中的个人。然而，我们在悲剧中到处看到这一点被超越。生命的确重返大地；它一次又一次地结束戏剧。在经历了这么多 55
苦难和如此重要的死亡之后，生命重新开始，它的意义得到肯定和还原，这历来是人们常见的悲剧行动。

这里涉及的问题当然不是简单地忘却，或者为新的一天而振作精神。得以延续的生命因为死亡而变得更加丰富；它在一定意义上确实是由死亡创造的。然而，在一个理论上局限于个人经验的文化之中，当一个人死亡之后，除了说其他人也一样会死亡，我们没有更多的话可说。这样一来，悲剧就可以概括为仅仅是那个无可挽回的事实，而不是对死亡的反应。

“无可挽回的行动”

人的死亡往往是一个文化的最深层意义的表述。在看到死亡的时候，我们自然会通过哀悼、回忆以及葬礼的社会责任，把个人与社会的生活价值观放在一起。然而,在某些文化中,或者在它们崩溃的时候,生命经常通过死亡的事实得到解释。它似乎不仅可以成为我们价值的焦点,而且是这些价值的来源。这样看来,死亡是绝对的,而我们的全部生活不过是相对的。死亡是必然的,而其他人生目标是偶然的。在这一重点之中,任何形式的苦难和无序都通过那个决定性的现实来解释。我们现在通常把这种解释描述为悲剧性的生命意识。

在这个熟悉而又正式的行列之中,经常被忽略的恰恰是传统的因素。通过死亡的事实来反思人生是一种文化的选择,有时还是一种个人的选择。然而,这是一种选择,而且是一种可变的选择这一事实却非常容易被忘记。一个具体的修辞手法与一个持久的人生事实之间强有力的联系,可能会使一个局部的、暂时的,甚至是宗派的反应看上去是永久的。将任何意义与死亡连在一起,都会赋予它某种强烈的感情色彩。这有时能够淹没在其范围之内的其他经验。死亡是普遍存在的,那些与之相连的意义作为它的影子也很快获得普遍性。其他对人生的解读以
56 及对苦难和无序状况的诠释,都会被它巨大而清晰的信念所同化。举证的责任不断从有争议的意义转向不可避免的经验。出于恐惧和无知,我们很容易相信最传统和最主观的论断。

悲剧与死亡之间的联系当然很明显,但这种联系实际上是可变的,就像我们对死亡的反应也是可变的一样。在我们这个世纪里,一种从后自由主义和后基督教角度对死亡的特殊解释被作为绝对意义和悲剧的等同物而强加于人。由此抽象出来的是只身面对盲目必然性的人。这在根本上孤立了悲剧主人公。这种经验固然流传得非常广泛,从而与许多现代悲剧发生了关联,但这里的意义结构仍然需要分析。说人孤独而死不是声明一个事实,而是提出一种解释。事实上,人死亡的方式各不相同:有些人在家人的怀抱和邻居的关怀之中死去,有些人在无情的痛苦之中死亡,有些人在镇静剂的麻醉之中离开,有些人死于机器的剧烈坍塌,还有些人在睡梦中平静地死去。只要坚持某一项意义,就已经是修

辞行为。孤独的意义既是对死亡的诠释,也是对生命的诠释。无论人以什么方式死亡,这种经验不仅仅是身体的瓦解和终结,它还给其他人的生活及关系带来一个变化。因为我们在自己对死亡的期待和生命的结束中了解死亡,也同样在他人的经验中了解死亡。就像死亡不断进入我们共同的生活一样,任何关于死亡的陈述都发生在一个共同的语言之中,而且有赖于我们的共同经验。“我们孤独而死”或“人孤独而死”的悖论因此非常重要:复数词“我们”和集体名词“人”在单一的孤独中获得最大内容。我们共同语言中这个常见的事实可用来证明人与人之间关系的丧失。

既然意识到这一情感结构,我们不妨透过它来审视它所希望诠释的经验。虽然它使用了死亡和悲剧这样的术语,但这与过去的悲剧或作为普遍经验的死亡实际上没有什么关系。毋宁说,它正确地确认了纠缠着当代一种主要悲剧经验的危机,但接着又使其含混不清。之所以这样,是因为它把至今没有得到解决而又变化不定的经验当作绝对的东西。我们最常见的对生命的传统解释尤其看重个人及其发展,但个人的 57
死亡确实不可避免。最有价值的东西与最无可挽回的事实于是被置入一种不可避免的关系和冲突之中。然而,将这一特殊矛盾抽象为关于人类存在的绝对事实意味着固定并且最终压制那种关系和冲突。这样,悲剧就不再是一次行动,而成为一个僵局。宣称这个僵局是悲剧的全部意义就等于将一个受文化和时间制约的局部结构投射到普遍历史之中。

这类结构的特征是,它们甚至无法在自己的边界之外看到任何经验的可能性。“我死亡,但我将活着。”“我死亡,但我们将活着。”“我死亡,但我们不会死亡。”这些我们可能听到的各不相同的说法因此而变得没有意义,或者被作为搪塞之词而嗤之以鼻。社群的全部事实被归结为单一的认识;其他不同的认识遭到愤怒的拒绝。在我看来,当前将死亡分离出来的做法最重要的意义不在于它对悲剧或死亡本身的描述,而在于它通过这些描述来定义人的孤独、人与人之间关系的丧失,以及随之而来的人类命运的盲目性。换句话说,它是对自由主义悲剧的理论阐述,不是放之四海而皆准的原理。

悲剧行动涉及死亡,但它不一定要以死亡告终,除非有某种情感结构使然。如前所说,死亡是必不可少的演员,但不是必不可少的行动。我们在当代关于悲剧的争论中一次又一次碰到模式的改变，其中最引人注目的例子也许是邪恶这一概念的复活。

对邪恶的强调

邪恶固然是一个传统的名称。但是,跟别的名称一样,它被某种特殊的意识形态所利用。这一意识形态又将自己作为悲剧传统的全部内容来兜售。尤其是近年来，不断有人批评我们忽视所谓超验邪恶的事实,他们专从这一(光明的或黑暗的)角度去解释本世纪的重大社会危机。这些人的论点是,人的真实本质现在已经戏剧化地得到揭示,而过去谈论的一切文明与进步都是幻觉。特别是集中营,它被看成人把人简
58 化为物体之绝对状况的象征。集中营的历史确实非常黑暗,我们还可以列举许多别的例子，但将它视为某种绝对状况的象征本身也是一种亵渎。究其原因,虽然一些人建立了集中营,但另一些人则为了摧毁它们而自愿献出生命。一些人是囚禁者,另一些人则是解放者。世界上只要存在这种或那种人为的邪恶,就有一批人在努力去终止它。从这一行动中抽取某个部分并称之为绝对或超验的东西，并掩盖人类生活中的其他事实,这一做法是如此之广泛,我们只能够根据它在某种意识形态中的作用来解释它的冷漠。

悲剧理论对邪恶的利用因此特别重要。有人坚持认为,悲剧向我们展示的是邪恶之不可避免和无法挽救的事实。简单的乐天派和人道主义者否认超验邪恶的事实,因而无法体验悲剧的经验。照这样的观点,悲剧是一种有益的提示,或者说,是一种预防人道主义幻想的理论。

然而，上述论点之所以还能维持，是因为悲剧的行动可以被缩减和简化。悲剧秩序、悲剧个人以及无可挽救的死亡也是这样被简单化的。就其当前的普遍用法而言，邪恶成了一个极其骄横的理念，因为它结束了，或者说它旨在结束一切真实的经验。其他的且不说，它至少结束了正常的悲剧行动。这不是说我们中的任何人可以否认或希望否认某些描述应该被看作是邪恶的。但是，如果将这种看法抽象化和普遍化，我们就使自己脱离了仍在继续的行动，因而也故意中断了这里的反应和联系。

我们必须提醒自己，当前对邪恶的强调不同于基督教的做法。在那个结构之中，邪恶确实被普遍化了，但善良也是如此。善良同邪恶在我们的灵魂和世界之中所展开的斗争可以被视为真正的行动。邪恶是常见的无序状态，它终将被耶稣征服。从这一点看，尽管邪恶的名气很大，但它一般还在悲剧行动的范围内运作。

从文化上讲，邪恶被用来描述形形色色腐蚀或毁灭真实生命的无序状况。这些状况在悲剧里经常见到，尽管它们的具体形式各种各样：报复、野心、骄傲、冷酷、欲望、嫉妒、违令或反叛。我们只有在某个特殊 59
文化或传统的价值体系中才能充分理解上述每一种情形。事实上，任何一种特殊的意识形态都可能将邪恶抽象为一种绝对乃至唯一的力量。作为一个普通的名称，它似乎也获得了一种普遍的特征。但是，我们并不可以因此而声称悲剧是对超验邪恶的认识。悲剧通常以多种多样的形式来表现邪恶。一旦我们把得到如此不同戏剧表现的非常具体的力量抽象化和普遍化，我们就离开了真实的悲剧，而不是走近了它们。更为重要的是，如果我们把悲剧仅仅解释为对邪恶的表现和认识，我们就背离了一个共同的悲剧行动。我们可以在悲剧行动中立即体验和经历某种具体的邪恶。在经历这一邪恶的时候，我们借助一个展示它与别的品质或其他人之间变动关系的真实行动，认识到邪恶不是超验的，而是真实和完全可以理解的。

我们当然不是要简单地废除邪恶。这样做与把邪恶看成超验的东西虽然相反,但还是犯了一个相关的错误,就像针对人之初性本善的命题,说人之初性本恶同样是错误的。在一种宗教文化里,人被看成天生有缺陷,但在一种自由开明的文化中,人被看成具有绝对本质。善良和邪恶因此成为可以互换的绝对名称。然而,它们并不是仅有的选择。我们同样可以声称人不具有任何“天生的”品质。我们既创造了自身的局限,又超越了它们。我们在具体的情境中以具体的方式行善或作恶,这取决于我们受到的并且能够加以改造的压力。这种持续不断和变化多样的活动才是名称的真正来源。它们只有在幻想中才被抽象出来,以解释这一活动本身。

这样的悲剧不传授关于邪恶的知识, 因为它传授的是关于各种行动的许多知识。与现代悲剧对超验邪恶的强调针锋相对,我们至少可以说,世界上大多数优秀悲剧作品的宗旨并不揭示绝对的邪恶,而是描述
60 可以体验和经历的邪恶。当某一悲剧主人公意识到自己犯下的罪孽时,他也许会自残双目, 但我们是把他的行为放在一个持续不断的行动中来考察的。尽管如此,那个只是悲剧行动一部分的盲目行为现在被作为绝对的盲目性抽象化和普遍化了:它拒绝了解细节,拒绝考察来源和起因以及各种不同的后果。虽然这种肯定绝对邪恶的做法现在很普遍,但它是一种屈服于压力的自我蒙蔽。由于缺乏勇气去探究自身的性质,一种文化的自我蒙蔽不仅会让演员残损自己的眼睛, 而且还会使观众这样做。就跟在别的地方一样,这里所兜售的悲剧意义剥夺了任何其他意义的可能性。这一点值得我们深思。

假如我在正统的现代悲剧理念中发现的根本模式确有其事, 那么接下来的结论既可以是消极的,也可以是积极的。从消极的角度看,我们必须说现在被当作悲剧的全部意义来兜售的东西实际上是应该从历史角度去理解和评价的特殊意义。有些人更加激进,愿意完全抛弃悲剧

的理念。接受历史批评的后果并驱除一切笼统的考虑有一定程度的吸引力,因为它们被证明是变化不定的。一种深奥的、主要发生在技术层面的批评就会取而代之。意义不再重要,但我们可以考察它们如何通过特定的词语安排而得到表达。这一点是否在任何情况下都可以做到事实上令人怀疑。如果词语重要,那么意义也就重要。正式地忽略它们通常意味着非正式地接受其中的一部分。

我认为意义本身仍然很重要。尤其在悲剧里,因为经验在此占据核心地位,我们几乎不可能不对它进行思考。如果我们在自己时代发现某种悲剧理念,我们也会找到某种方法来解释范围极其广泛的当代经验。这一方法当然与文学批评有关, 但与许多别的东西也有很大关联。因此,消极的分析只是我们需要做的一部分工作。从积极的角度看,需要我们努力去理解和描述的不仅有悲剧理论,还有我们时代的悲剧经验。

四

悲剧与革命

一种真正强大的意识形态所产生的最为复杂的影响是，即使我们
61 以为它已经被拒之门外，它还是将我们引向同一类的事实。因此，在努力辨认处于我们悲剧经验根基之中的无序状况时，我们经常会按照这一意识形态的解释，找出类似于以往悲剧系统的成分。我们几乎是在下意识地寻找某种个人信仰的危机，用人固有一死的新观念来对抗人可以永生的旧想法，或者说，以漠然置之的新态度来代替旧的命运说。我们从自己对待上帝、死亡以及个人意志的态度中寻找悲剧经验，而且的确经常找到被那些熟悉的形式所框定的悲剧经验。既然我们曾经将早期的悲剧系统与它们的真实社会分离开来，我们也可以在自己的时代做出同样的分离并且想当然地认为现代悲剧无需涉及我们生活在其中的战争和革命这样的深层社会危机。那种兴趣通常被下放到政治领域，或者用行话来说，下放给社会学。在我们看来，悲剧是更为深刻而亲切的经验，它属于人而不是社会。有些无序状况很普遍，它们几乎逃不过最有限的注意力，并且同样不能说只涉及社会而不涉及人，但就连它们也可以被归结为我们所愿意承认的那种唯一的无序状况（即灵魂有错）的征兆。战争、革命、贫困和饥饿，人被视为物体而照单杀戮、迫害与折磨，许许多多当代人的殉难，无论这些事实离我们多近并且不断引起注意，我们没有在悲剧的含义上为之感动。我们知道悲剧的意义不在于

此。

然而，在一部分人的头脑里，突破点出现了。有人突然在经验中得出新的联系。在发现这些新关系的同时，我们所熟悉的世界有了变动。我们不再寻找某种新的悲剧的普遍意义。我们在寻找自己文化中的悲剧结构。一旦我们开始在经验的层面上，并接着在分析的层面上质疑二十世纪的流行思想，其他的途径似乎被打开了。

悲剧与社会无序

自法国革命以来，悲剧的观念可以被理解为对一个正在自觉经历变动的文化所做出的不同反应。悲剧的行动与历史的行动被自觉地联系起来，并因此而获得新的解释。十九世纪中叶对此做出的负面反应同 62
样显著：精神的运动被与文明的运动分离开来。然而，就连这一负面的反应也是针对同一个历史危机做出的。虽然学院传统在整体上继承了负面的反应，但我们很难把从那里听到的普通命题仅仅看成一组学术事实。它们听上去怎么也像是关于当代生活的论述，即便在它们最负面或故意脱离社会的时候也是如此。另一个自觉将悲剧与历史结合起来的十九世纪传统似乎与我们的讨论紧密相关。我们必须在经验和理论的层面上重新审视这一联系。

我们必须问，我们自己时代的悲剧是否属于对社会无序的一种反应。如果是这样，我们不期待这一反应永远是直接的。无序的形式是多种多样的，对它们进行阐述因而非常复杂和困难。离我们较近的一个难题是，人们通常将社会思想与悲剧思想分离开来。那些带有最明显社会倾向并最具影响的思想通常把悲剧本身作为失败主义的艺术。它们反对现有的悲剧观念，强调人有能力改变自己的处境，也有能力结束传统悲剧意识形态似乎已经认可的那一大部分苦难。这就是说，传统的悲剧观念受到革命观念的明确反对，而论战的双方都一样充满自信。将悲剧视为对社会无序的反应并加以重视显然与这两个主要传统同时分道扬镳。

接下来的动荡是剧烈的,因为灵魂有错也是一种认识。即使在加上了自身的日常形式之后,它仍然贴近经验。从另一个角度看,也就是从认识社会无序的角度看,这里存在着一种抽象化的倾向,而且它几乎总是得到大规模社会无序的支持。随着我们历史知识的加深,我们被置身于历史之中,不容易承认像我们自己这样的人。过去,我们看不到悲剧是社会危机;现在,我们通常看不到社会危机是悲剧。社会无序的事实卷入了一种新的意识形态,它不断用某个历史阶段或时期的名称来消除苦难。日复一日,我们可以让每一件事情成为过去,因为我们相信未
63 来。就像它不过是政治一样,我们当前极度无序的现实被有效地掩盖了起来,因为它现在仅仅是政治。我们似乎从一种盲目跳进另一种盲目,而且具有同样的理论自信。新的联系开始僵化,不再四通八达。

无论碰到什么困难,事情的关键似乎都在于现有观念已经无法描述我们的经验。最常见的革命观念将我们太多的经验排除在外。但事情还不仅如此。一般的悲剧观念特别排斥社会性的悲剧经验,而一般的革命观念也特别排斥悲剧性的社会经验。如果情况是这样,这个矛盾就意味深长。它不只是供我们选择的两种不同阅读经验在形式上的对立。尤其在我们自己的时代,最为清晰和重要的似乎是革命与悲剧之间的联系。它们存在于我们的经验之中,但没有在思想上得到承认。

正如我们都非常清楚地看到的,革命与悲剧之间最明显的联系存在于真实的历史事件之中。革命的年代显然是暴力、变动以及普遍苦难的年代,在日常意义上把这看作悲剧是很自然的。然而,事件一旦成为历史,人们对它的看法就完全改变了。许多国家把自己历史上的革命当作最有价值的、创造生命的时代加以回顾。我们可以说,成功的革命不是悲剧,而是史诗。它是一国人民以及他们所珍惜的生活方式的源头。当人们回忆起苦难,它受到的是敬重和赞扬。我们说,那次革命是生命

的必要条件。

当代的革命固然大相径庭。只有革命之后的那代人能够书写史诗。在当代革命中，苦难的细节无所不在，有些是暴力，有些是新的国家政权对人民生活的改造。不仅如此，我们不可避免地在当代革命中加入派别，尽管每个人参与的程度各有不同。革命的年代往往还是谎言和压制真理的时代。即使在它们被充分认识的时候，整体行动中的苦难经常被 64
推托为这个或那个党派的责任，直至这些托辞本身也成了革命或反革命的行为。当这一行动起先远离我们的时候，我们总是漠然置之。但我们因此遭受大量的苦难、谎言和运动，这些事件最终又导致冷漠。由于它的高尚起因，革命成了我们觉得必须与之保持距离的行动。

这种社会现实于是成了一种情感结构。就常识而言，革命本身就是悲剧，即一个混乱和苦难的年代。我们应该努力超越它，这几乎是肯定的。我不依赖几乎是必将发生的事情，即这一悲剧反过来也成为史诗。无论这多么真实，它也不能够亲切地感动我们；只有继承人才能继承。对即便只是可能的历史规律的忠诚很快会变成一种异化，因为它尚未在具体情形中被体验过。我们不是在对这一行动做出真实的反应，而是在想象它可能会是什么样子。

现实生活中的取舍具有很不一样的性质。它既不把革命简单地刻画为混乱和苦难而加以排斥，也不通过未经体验的规律和可能性去策划革命。应该说，这是一种认识，把革命看作人的整体行动的认识。这一行动的整体性，以及它在这个意义上的人性，都是不可避免的。我们通常与之斗争的正是这一认识。

革命与无序

就像把悲剧归结为主人公的死亡一样，我们也把革命归结为它的暴力和无序的危机。从表面上看，这些经常是最明显的效果，但在整体行动之中，它们前后还有其他因素，其意义在很大程度上取决于这种延续。奇怪的是，有人会从整个现代历史中选用革命作为暴力和无序的例证，即把革命看成各种力量之间的重要冲突及其解决。将暴力和无序局
65 限于关键性的冲突是对那个冲突本身的错误理解。暴力和无序存在于整个行动之中，而我们通常所谓的革命只是其中的危机。

这里的要点是，暴力和无序既是人的行动，也是社会制度。在经历了革命的变化之后，我们通常能够很清楚地看到这一点。已经死亡的旧制度表现出自己系统暴力和无序的真实特征，革命行动的起源也在这一特征中显露。然而，当这些制度仍然在有效运作的时候，它们看上去可能异常地稳定和无辜。它们往往就代表秩序，而受到伤害和压迫的人群所提出的抗议似乎是骚动和暴力的来源。这里最紧迫的任务是，我们当代人必须摈弃将革命理解为社会危机的通常理解。我们必须把它看成整体行动的一部分，因为这是理解它的唯一途径。

有序和无序是相对的概念，尽管它们在我们的经验中分别被当成绝对的东西。通过历史和比较研究，我们意识到这种相对性，但这一理论上的意识对我们的帮助通常不大，因为它面临恐惧和利益的压力，或者说，它不适合于我们局部的现实世界。这一情况及伴随而来的困难随即在悲剧和革命的观念之中遭遇。我已经说过，悲剧与秩序之间的关系是动态的。悲剧行动源于无序状况，而后者在某个时期确实可能具有自身的稳定性。然而，参与该行动的现实力量远不止一个，它们之间的较量往往以表层的悲剧方式使深层的无序状况既一目了然，又令人恐惧。在完整地经历了这一无序状况并采取了具体的行动之后，秩序得到再生。这一行动的过程有时与真实的革命行动非常相似。

然而，革命在许多重要的悲剧里往往就是无序状况本身，至少封建时期的造反是这样。在那里，“合法”权威的恢复等于秩序的恢复。最重要的考虑比这还要隐蔽，它躲在对造反的封建态度的虚假意识背后。在政治层面上，关于合法权威和造反的封建定义明显趋炎附势，或者至少

是宗派主义的。帝王的威严通常是成功的篡位者及其后裔的政治门面。 66
对它提出挑战的行动与建立它的行动是相同的人类行为。然而,就其最重要的例子而言,通过宗教或魔术的影响授予政治权力也是一种手段,用以表达某种秩序观以及对生命本质和人性的根本看法。一般说来,这是一种静态的秩序观,认为人的处境和本性永恒不变。就在这些观念周围,真实的价值得以形成。外来的威胁压倒了它们与某个人物或制度之间暂时而任意的联系。当这类联系变成活生生的现实时,无论何种局部形式的悲剧行动都能够指涉最广泛的人类生活。

在实际过程中,悲剧行动经常削弱人的根本价值与现有社会制度之间通常的联系:真正的爱情追求与家庭责任有矛盾;觉醒的个人意识与分配的社会角色有矛盾。在从封建社会向自由社会的转变中,这样的矛盾很普遍,构成人们亲身体验的悲剧。尽管如此,永恒的秩序与社会制度的统一并没有受到真正的挑战。人们通常从统一的角度去解释矛盾和无序状况,以为是人的过错使他们看不清两者之间的联系,但悲剧行动又将其基本修复。真假帝王、合法权威以及他的出错的代理人的形象就是这一情感结构的戏剧形式。这些戏剧形式与十七世纪英国政治改良者乃至革命分子的论调有着密切的联系。当时的争论也被说成毫无新意,只是在恢复真正的古代宪法。这种意识束缚了最激进乃至革命性的行动。在悲剧里,人们终于开始怀疑建立任何社会秩序的可能性,而解决冲突被认为是市民社会永远办不到的事情。一种宗教的或半宗教的退让通过超自然或魔术般的干预恢复秩序,悲剧行动兜了一个圈
子又走回原地。 67

自由主义

自由主义悲剧继承了上述人类终极价值与社会制度的分离,但它的表现方式后来有所改变。随着自由主义思想的发展,问题的参照点逐

渐从抽象的秩序转向个人，而后者本身就体现了一切终极价值，其中包括（新教通常强调的）神的价值。我将要追溯自由主义悲剧的发展历程，以了解这种绝对的个人观念所包含的新矛盾是如何陷入僵局并最终走向崩溃的。（我预料今后可以看到更多与此相关的例证。）

然而，自由主义的广泛流传还产生了其他后果。它特别应该负责的是存在于我们时代的悲剧观念与革命观念之间明显而尖锐的对立。自由主义稳步地侵蚀了永恒人性的观念以及与神灵秩序关联的静态社会秩序观。由于这种侵蚀作用，加上其他关于人类和社会转型之可能性的思想，现代意义上的早期革命观念脱胎而出。造反成了革命；与最重要的人类价值有关联的不是现有秩序，而是发展、进步和变革。照这样看，一般的悲剧观念与革命观念之间的差异似乎显而易见。革命观念声称人能够改变自身的处境，悲剧所展示的却是它的不可能性及其精神后果。我们仍然在努力解决这两者之间的对立。

然而，历史已经发生了根本的改变。自由主义的革命观念或封建的悲剧观念不再是仅有的选择。继续在这两者之间作一选择只是停留在过去而不能自拔。要理解这一点，我们必须考察自由主义革命观念的发展历程。

像自由主义这么开放和积极的运动竟然能够产生悲剧，这乍看上去令人诧异。然而，所有源于自由主义的文学运动都到了必须做出非常重大抉择的阶段。有些人作了选择，另一些人则犹豫不决。这些选择的
68 性质最终取决于对革命的态度。我们现在仍然参与着这一过程。

自然主义

自然主义文学是最显著的例子。现在看来，它似乎是自由主义启蒙运动名副其实的后代。在启蒙运动中，关于命运、绝对秩序以及神灵安排的传统观念遭到摈弃，取而代之的是对理性的信心，以及对不断扩展

的解释和控制自然之能力的信心。在政治领域里，这一形势产生了一种新的关于人类命运的社会意识；在哲学领域里，它产生了对宗教和社会习俗的意识形态分析以及其他新的理性解释体系；在文学领域里，它重新强调应当细致地观察和描述当代社会。但自然主义文学最终是启蒙运动的杂种。它的一个特点是将观察和描述的技巧与使用这些技巧的原初目的分离开来。自然主义之所以是自然主义，它与更重要的现实主义运动相区别的，是它把人作为受环境摆布的动物加以机械描绘。自然主义文学记载的人和物似乎具有相同的性质。自然主义的悲剧是消极受难的悲剧。这种苦难之所以消极，是因为人只能忍受；他永远不可能真正改变自己的世界。忍受在这里不被赋予任何道德或宗教的价值，它完全是机械的，因为按照现在所谓的理性解释，人与世界都是一个冷漠物质过程的产物。这一过程虽然因时而易，却毫无目的。人类希望描述并改变自身处境的冲动已经收缩为对没有上帝或人的介入之境况的简单描述。人的意志在茫茫的自然或社会物质过程中微不足道，人的命运既没有自由，也得不到关心。

作为最普通的理论和最常见的文学实践，这种自然主义开始于自由主义。具有讽刺意味的是，它后来却成为当初受到自由主义挑战的那个思想体系的怪诞翻版。这有点儿像无神论最终成为宗教的怪诞翻版。一种充满生机的安排成了机械的命运，后者离开人比前者还要远，也是自我形象更加严重的异化。这一发展当然有真实的原因。从本质上讲， 69
这是在启蒙运动即将起到关键作用的时刻故意中断它的进程。与之对应的情形是自由主义运动被故意中断并因此而堕落，它的普遍原则当时正要求改变自身的社会纲领，而民众可以选择前进或者后退。在十九世纪，逃避自己信仰之后果的人比比皆是。我们这个世纪的人甚至连跑都不用，临时的避难所已经变成坚固的村落。有人从社会变革中得到利益，但他们发现，其他阶级和其他民族正在无限地扩展要求，这可能会颠覆和摧毁他们自己刚刚获得的身份。这时候，人类解放的普遍原则变得令人窘迫。有少数人仍然坚持自己的原则，并投身于全民的社会革命。大多数人却做出妥协，他们东躲西藏，或者迟迟不采取行动。他们通常以进化作为社会模式来代替革命。这是危害最大的失败形式①，因为简单的反应容易被人接受。

社会进化新理论的整个要点在稳定改良的理论中显而易见。它把历史的发展与大多数人（在极端情况下，乃至所有人）的行为分离开来。按照这种观点，社会是一个无情的过程，是一台具有若干预制功能的机器。我们可以描述或调节这台机器，但它最终不受人的控制。社会变化
70 充其量是一群适者取代另外一群。最佳的社会描述是中立和机械的。也就是说，历史过程会自我增长和演变，我们应该听之任之，顺其自然，不去妨碍它的现代化。主张人在这一整体过程的普遍优先性的任何努力都被看作是幼稚的：它们不过是革命的幻想。

我们现今的政策广泛受到上述机械唯物论的影响，这一点根本用不着强调。需要指出的是，这一自称发源于理性精神的思想运动在理论上和实践中都将真实的社会活动神秘化了，因而也诋毁了理性精神本身。它所产生的效果最终与寻求表达自由主义价值的其他重要运动一样，尽管后者在相当长的历史时期中走的似乎是非常不同的道路，即主观主义和浪漫主义的整体潮流。

---

① 跟前面一样，这种费边（缓进待机）意义上的进化有别于达尔文主义和竞争生存的思想。但这两者有一个共同的仍然与科学理论基本不相干的隐喻特征，因为在社会进化的理念背后，是对单一形式的发展的下意识认同。人们下意识地将社会发展基于某一类西方社会的经验，以及那些帝国与更为“原始的”社会的接触。这样一来，人类历史中真实的社会和文化差异就被缩减为千篇一律的、带有预言色彩的单一线性模式。甚至连马克思主义理论家也采纳了这一有局限性的模式：人们在二十世纪的部分共产主义实践中广泛感受到这种理论上的僵化。如果有一个对自然和社会进化更为全面的理解，像这样机械的线性模式就站不住脚。因为那时人们会强调变化和创新，从而指向一个真正开放的、不折不扣的革命未来。

浪漫主义

实用主义是机械唯物论在英国最常见的表现形式，它曾经在市民社会的改造中努力追寻自由主义的价值。与此相反，浪漫主义在个人的发展中寻找自由主义的价值。在它的发展初期阶段，浪漫主义是极具解放性的。然而，由于缺乏相应的社会理论，而且它后来又从个人主义蜕变为主观主义，浪漫主义最终否定乃至颠覆了自己最深层的冲动。我们几乎所有的革命词语事实上都来自那些浪漫主义者。这确实成了一个障碍，或者说，一种不期而遇的尴尬。浪漫主义是革命的原始冲动在现代文学中的重要表达。它塑造了一个崭新而绝对的人的形象。具有典型意义的是，它把这种超验的东西与一个理想的世界和人类社会联系了起来。正是在浪漫主义的文学中，人第一次被看作自己的创造者。

然而，这种思想一旦被具体运用于社会批评和建构，它立刻碰到巨大的障碍。通过某个传说中的或具有异国风情的社群（或者被这些成分改造过的历史性社群）来展示理想相对容易。现有的社会被认为与基本人性格格不入，致使原先的社会批评也纷纷转向虚无主义。在一个多世
纪里，这种浪漫主义传统前途未卜。它的一部分力量启发了正在发展之 71
中的整体社会革命的思想。还有一部分力量没有沿这个方向走多远，它停留在革命意象的层面：彩旗、街垒、烈士或囚犯的死亡等等。我们也许可以说，浪漫主义主流走了一条截然不同的道路，它最终导致革命与社会的分离。

这里的决定性因素是浪漫主义对待理性的态度。从形式上看，浪漫主义似乎是对启蒙运动的消极反应，它对非理性和怪诞的强调似乎与后者对理性的强调水火不容。然而，我们在此发现一个有趣的辩证现象：浪漫主义不再提倡启蒙运动曾经反对的东西，它对人的看法也与启蒙运动一样新颖。然而，由于我们没有看到这一点，这两个作为人类解

放之纲领的运动在本质上的统一被灾难性地缩减和混淆了。浪漫主义者所批评的理性不是理性活动,而是将这一活动抽象化的做法。有人把这一活动的最终异化称为理性,但它实际上是一个机械系统。这样的批评(尤其是英国浪漫主义对实用主义的批评)不仅很有人情味,而且还赞成把人看成积极而具有创造性的生物。非理性主义的最终失败只能从它早先在理性主义那里吃过败仗的背景中去理解。理性一旦被与其他人类活动相分离,它就从一项活动变为一种机制,而社会也从一个人的过程变成一台机器。对此提出抗议是必不可少的,但坚持把社会看作人的过程确实需要艰辛的社会行动。出于困难的压力以及失败所带来的理想破灭,浪漫主义对人的看法也发生了异化。理性曾经被异化为机械唯物论,现在与它对应的是非理性的异化。这一过程一直到二十世纪才完成。

这样一来,自由主义革命观念的一个主要部分陷入了社会进化和稳健改良的困境,它的另一部分则沦为类似虚无主义及其许多派生物对革命的拙劣模仿。在前者看来,社会是一台以自己的节奏走完预定路
72 程的机器。在后者看来,社会是人类解放的敌人。人只有通过否定或逃离社会才能解放自己。他还把自己参与爱情、艺术和自然的深层活动看作在本质上是非社会乃至反社会的。具有讽刺意味的是,机械唯物论曾经产生一种新的结局,即排斥人的活动和理想的"进化着的"社会。虚无主义同样产生了一种结局。它不仅使人脱离社会,而且还内化了过去曾经是外部的安排。尤其在它稍后派生出来的理论中,虚无主义强调非理性,并且把它抽象为比社会的人更强大的东西。基于对个人解放和社会事实之间敌对关系的假设,这一理论把比任何已知神灵还要黑暗和凶狠的非理性理性化了。在它发展的最后阶段,人类解放的梦想变成了借以释放无法驱逐的破坏性本能和死亡愿望的噩梦。

自由主义的终结

自由主义的革命观念最终左右都受到限制。一方面，它被归结为冷酷无情的机械过程；另一方面，它把个人的反叛导向一种意识形态，使得社会建构似乎毫无希望，因为按此解释人是极其非理性和破坏性的。在当今西方社会里，这两种立场的对立通常被说成是全部的内容，以至于我们以为自己不得不在它们之间选择。在政治生活中，摆在我们面前的不是革命，甚至也不是实质性的转变，而是众口齐声的现代化。这样，社会变革就与人的价值分离开来。我们受令跟随假定是不可避免的进化过程，或者说，我们受令顺应“改革之风”。（这一表达方式正是异化的表现。改革在此是从别处吹来的风，从而被理性化为一种自然力量。）摆在我们面前的另一个选择是拒绝政治。我们把人类解放的现实看成是内心世界的、私隐的或非政治的事情，尽管我们生活在政治意志所带来的战争、贫困、丑陋和残酷的阴影之中。

事实上，我们自一九一七年以来一直生活在发生了成功革命的世界之中。在这个意义上，我们应该说如何看待当今的革命社会不仅非常重要，而且可能决定了我们全部的思想。我们的意识形态及其各种变体 73
在理论上所排斥的情形在别的地方已经发生或者似乎已经发生。这样，我们可作的选择实际上并不多。正如我们国家的一贯方针，我们可以积极反对或遏制其他地方的革命。武力震慑和漠不关心几乎是达到这一目的同样有效的策略。我们也可以采用一种熟悉的浪漫主义姿态去支持别处的革命。（那些浪漫的意象已经进入我的脑海。）最后（这也是我个人的立场），我们还可以努力去理解和参与革命的社会现实。也就是说，我们不仅要把革命看作正在真实的人群中展开的行动，而且还要将这一行动视为与自己密切相关。

就是在这里，革命与悲剧有着不可逃避和亟待解决的联系。有些思想家可能还会依赖传统的理性主义意识形态来解释现实的革命，但我们都能够看到成功革命社会的建构性活动。我们可以用它证明依靠理性能量解放人类的简单行为。我最乐意见到这种真实的建构行动,但我也意识到这些革命社会有过超出常人之怜悯和恐惧的极度悲惨的经历。然而，仅仅具有解放性质的既有革命意识形态似乎没有看到这一点,同样需要开窍的是既有悲剧意识形态的两种基本形式。一种是古老的悲剧教训:人无法改变自己的环境,他只能徒劳地用鲜血染红世界。另一种是当代人的直觉反应：试图凭借理性掌控社会命运的努力已经失败,或者说,至少因为我们无法回避的非理性以及传统形式之崩溃所立刻带来的暴力和残酷而大打折扣。归根到底,我不觉得这两种观点涵盖了足够的事实，但我也无法想象任何人还能够坚持那种简单地排斥悲剧经验及理念的革命观。

社会主义与革命

在我看来，社会主义真实而积极地继承了形式各异的人的解放冲
74 动。我还以为,社会主义的实践仍然在形成之中,许多打着它的牌子的思想不过是陈旧观念的残余。我这里指的不仅是带有实用主义和机械发展观念色彩的费边主义运动。它还包括马克思主义内部的一个主要思潮。尽管马克思本人曾经多次加以反对,这一思潮在诸多方面还是表现得非常死板。例如,它主张决定论和社会唯物论,并毫无新意地将社会阶级从人的存在中抽象出来。我可以看出这种思维习惯可能导致把革命解释为仅仅是建构和解放。这样一来,真实的苦难立刻上升至非人的层面:它变成一个被历史扫除的阶级,一个机器运转中的错误,或者永远不可能温文尔雅的流血事件。人的解放过程被一般人解释得越是普遍、抽象和死板,现实的苦难就越是不重要,直至连死亡都成了一张纸币。

很多希望破灭或受到革命现实打击的人认为，苦难是由革命一手

造成的。如果我们希望避免苦难,那就必须避免革命。我不想苟同这一观点。相反,我把革命看成是深层的悲剧性无序状况必不可少的运动。我们对它的反应可以各不相同,但正是由于我们的行动,它总会以这样或那样的方式在我们这个世界走完自身的历程。换句话说,我是从一种悲剧的角度来理解革命的。这是我接下来要阐述的内容。

在我看来,马克思早期的革命思想在这个意义上是悲剧性的:

> 必须建立一个具有根式连接的阶级,一个不是市民社会阶级的市民社会阶级,一个解散所有阶级的阶级,一个具有普遍性质的社会领域。该领域之所以具有普遍性质,是因为发生在其中的苦难是普遍的。这一阶级并不认为自己有特别的红色,因为它所经受的不公不是一种特殊的不公,而是普遍的不公。必须建立一个不要求传统地位而只要求人的地位这样的社会领域……这一领域在解放自己的时候不可能不把自己从社会的其他领域中解放出来,因此也不可能不同时解放所有这些领域。总而言之,这是人类的整体损失,它只有通过拯救全人类才能拯救自己。
>
> (《黑格尔法哲学批判:导言》) 75

如此彻底的构想把革命与造反区分了开来。换句话说,它把政治的革命变成了普遍的人的革命。

> 在以往所有的革命中,人的活动形式始终没有得到改变。它们仅仅将这一活动在不同的人群中重新分配,从而引入新的劳动分工。然而,共产主义革命与以往的活动模式针锋相对,它要取消劳动,并在消灭阶级的同时消灭一切阶级统治……
>
> (《德意志意识形态》)

> 工人被排斥在外的社会生活……就是生活本身，即物质和文化生活、人的道德、人的活动、人的享受、人的真实存在……鉴于被永远剥夺这种生活比被剥夺政治生活更加彻底，更加无法忍受，更加可怕，更加充满矛盾，结束这一状况（即使这只是一次有限的反应，一次反叛）就很重要，因为人的身份比公民身份更加重要，人的生活比政治生活更加重要。
>
> 〔《前进报》(1844)〕

这样解释革命在我看来是站得住脚的。我们在马克思之后确实获得了关于现实历史发展以及革命主体和策略的新知识，但这并不影响他的思想本身。我们没有必要将革命与暴力或突发性的夺取政权等同起来。即使类似的情况发生，根本的社会转变也确实是一项长期的革命。对革命的最终检验在于社会活动的模式及其深层的人际关系和情感结构的变化。即使它们只是物质生活条件的显著改进或其他阶段性和地域性的变化，将新的人群吸收到现有的形式和结构中来是一件意义相当不同的事情。事实上，鉴别一个社会是否处于前革命时期或革命是否已经完成的标准就在于吸收新人群的问题。如果一个社会实质上无法在不改变现有基本人际关系的前提下吸纳它的所有成员(整个人类)，那么这个社会就是需要革命的社会。各种不全面的“吸纳”方式，诸如选民、雇
76 员、接受教育的机会、法律保护权利、社会服务等等，确实是真实的人类成就，但仅仅这些还不足以说明他们已经获得最终消灭阶级的完整社会身份。完整身份的现实有赖于在社会彻底平等的基础上通过人与人之间积极的相互责任及合作去管理社会的能力。既然这是革命的宗旨，一个社会只要存在类似次等种族群体、无地雇农、临时帮工、失业游民或其他任何受压迫和歧视的少数人群体现象，革命就仍然有必要。在上述情形中，革命之所以必要不是因为某些人希望革命，而是因为只要有任何一个阶级的全部人性还没有得到实际的承认，那样的人类秩序就

是不可接受的。

革命悲剧

这种“拯救全人类”的思想带有解决与秩序的终极色彩,但在现实世界中,它的视角难免是悲剧性的。它产生于怜悯和恐惧:摆在它面前的是一种极端的无序状况,其中一部分人被剥夺了人性,人性的观念因此而消失。它也产生于上述状况中真实的人的现实苦难以及随之而来的一切后果:堕落、残忍、恐惧、仇恨和嫉妒。它还产生于遭遇邪恶的经验:邪恶之所以不可容忍,是因为它坚信这不是必然的存在,而是某些行动和选择所引发的结果。

如果说这一理论的起源是悲剧性的(它源于不可回避的无序状况),那么,它的行动同样是悲剧性的。因为它的斗争对象既不是上帝或无生命的物体,也不是简单的社会制度和形式,而是其他的人。这个问题在革命观念的发展中始终是一个无声地带。所谓的乌托邦主义和革命浪漫主义,都恰如其名地掩盖或稀释这一根本不可避免的事实。

人们反对这种革命的理由很多。最明显的理由是利益或特权,我们见过有人不惜为此付出生命。有人非常担心承认他人的人性意味着否定我们自己的人性,就像我们在生活中经常看到的那样。也有人从精神上逃离现实世界的烦恼,尽管这样做并不能圆满地解决问题。更有人对
未来感到恐惧(这一点通常可以理解),他们不知道那些曾经受过非人 77
待遇的人们一旦获得权力会干出什么事情,因为在经受了压迫的痛苦和摧残之后,报仇雪恨和肆意破坏是在所难免的。最后一个理由比较微妙,它来自远古有关无序的经验及其在各个历史时期的翻版:人们坚信任何绝对的目标都是幻觉和谬误。要纠正它们,我们可以接受训练,或者像现在这样少许放松社会限制,或者坚决加以反对从而杜绝这种可能毁灭世界的疯狂。

上述立场几乎都反对革命,反对它的残酷镇压、大规模教化以及建构另外一种未来的真诚努力。我们的所有经验告诉我们真实的人与人之间的这种极其复杂的行动在可见的将来还会继续下去，这一持久斗争中的苦难还会继续令人恐惧。在思想上接受这一事实确实很难,我们都建立了逃避这一悲剧性认识的保护机制，但我相信这终究是不可避免的。如果我们不想被它压垮,就应该讨论它。

在有些西方社会里，人们正努力通过辩论和共识的程序来完成没有暴力的革命。我们无法说自己会成功,因为许多群体和个人被剥夺权益的现象还很严重,而且有时似乎失控。另一方面,假如这一程序还有一线成功的希望,任何思维正常的人都不会想去改变其性质。真正的困难在于我们就这一程序变得沉默寡言。这是北大西洋的习惯性思维方式,而它所产生的幻觉已经是悲剧性的了。

因此我们尝试把特殊历史环境的产物当成普遍的东西，并认为所有其他形式的革命都与自己的观点水火不容。唯一不变的共同立场是无处不在的革命之敌人的立场。但就连他们有时也采用自由主义的言论。具有极大讽刺意味的是,在意识形态方面,世界上的主要冲突是在关于人的绝对权利的不同观点之间展开的。西方社会里的人们一次又一次干着反革命的事情,却打着绝对自由的旗帜。真实的情况当然很复
78 杂,因为革命政权也不止一次地残酷镇压人的自由和尊严。不仅如此,
世界上还存在着各种根深蒂固的虚假意识。在任何一个西方社会里,实际上只有极少数人像我们在理论上所主张的那样放弃了暴力。如果我们相信社会变革应该采取和平手段，我们就无法理解自己正在那些参与军备竞赛并拥有大规模杀伤性武器的军事联盟里干些什么。我们习惯于假装这种有组织的暴力是为了防卫，或者完全是出于人类和平的需要,但这是一个不折不扣的悲剧性错觉。我们很容易在自己相对和平的社会里口口声声重复“依法革命”这样的词句,却看不到其他人民自我解放的行动以我们(多数票赞成)的名义而被暴力镇压下去。历史上

发生过的悲惨故事总是被人出于某种原因一笔勾销。然而，就在我撰写此书的时刻，英国的军事力量正在镇压南阿拉伯半岛“持不同政见的部落居民”。我一生反复经历的那些例子使我非常熟悉这个模式及其掩饰，以至于我无法再默许这样的普遍错觉。我的许多同胞曾经反对过这些政策，而且在许多具体问题上成功地阻止了它们。但作为一个社会，我们很难使人相信自己已经献身于人类的解放。我们甚至不能说已经认识到天下所有人的绝对人性，而这一点是任何真实革命的动力。就连说我们在自身事务中已经有这种认识也不符合事实，因为我们的社会动力在于经济不平等和有组织的操纵。即使承认我们自己之间已经有了这种认识，它不过是对真实革命信仰的拙劣模仿。只有普遍的认识才是真实可信的，因为在我们这个广泛交往的世界里，任何保留实际上都会蜕变为现实中的反对力量。

我们把革命解释为缓慢而和平的建立共识的过程，这说得好听是局部的经验和希望，说得不好听是残留的虚假意识。我们的世界充满着反对贫困以及形形色色的殖民和新殖民统治的斗争。革命不可避免地以我们在那些重要领域里的角色的方式不断进入我们的社会。我们不
仅一直反复地犯错误，而且依靠稳定进步的幻想来宽慰自己，但世界上 79
富裕和贫穷之间的鸿沟实际在增大，人们对剥削的意识也与日俱增。不仅如此，革命的过程在我们时代已经成为常见的战争导火索。我们不能不注意到，近年来发生在世界不同地区的那些民族解放和社会变革的斗争是如何将主要强国不断卷入大规模战争的真实危险中去的。现在被许多人含糊地称为“局部骚乱”乃至“灌木林火战争”的事件一次次牵涉到我们所有人的生命。朝鲜、苏伊士、刚果、古巴以及越南都是我们自身危机的名称。看到这一段真实而且还在继续的历史，我们不可能不产生一种普遍的悲剧感。究其原因，现今的无序状况范围如此广大而不堪忍受，无论我们在什么地方，它都会通过我们的行动和反应进入我们的生活。此外，无论怎样去考量，我们对这一过程所知甚少，因而不断在助

长社会的无序状况。我们不是简单地被卷入这一普遍危机,而是通过自身的行动或由于没有采取行动已经参与其中。

这里有一个怪诞的矛盾。我们欧洲经历过的两次世界大战以及仍然不够深入人心的关于核战争性质的意识带来了一种非常自私而危险的消极反战主义。我们说必须不惜一切代价避免战争,这可以理解。但我们通常的意思是要不惜他人的一切代价来避免战争。因为处于相对安全的环境之中,我们把别处的动乱解释为对和平的威胁,并希望将它镇压(这是一种用以维护我们所谓法律与秩序的“警察行动”;或者说,是一个扑灭“灌木林火”的消防队);另一种方法是通过金钱或政治手腕来平息它。这一矛盾如此根深蒂固,以至于我们将这类活动乃至现实的镇压看成高尚的道德,我们甚至称之为建立和平。然而,我们隐隐约约地意识到,我们要求别人做的事情自己已经做过:我们默许无序的状况,并且称之为秩序,或者在没有和平的地方说和平存在。我们期待遭受残酷剥削和极度贫困的人们随遇而安,因为如果他们行动起来改变自身的处境,会影响其余的人,从而威胁到我们的舒适生活。

80 就这样,我们将战争与革命列举为悲剧性的危险,但真正的悲剧性危险来自战争与革命背后不断得到重演的无序状况。虚伪的和平举动以及对秩序的假意诉求在悲剧行动中经常可以见到,在这一整体情境中,所有真实的力量最终都会消耗殆尽。即使我们愿意改变对他人的态度,甚至改变与他们的真实社会关系,我们可能由于为时已晚而仍然无法避免实际的悲剧。就我们经历过的这类悲剧而言,唯一有效的反应是采取完全不同的和平举动。它不是掩盖起主导作用的悲剧性无序状况,而是努力去解决问题。解决问题意味着从根本上改变我们自己。如果我们不愿意这样做,加上必然会发生的社会动荡以及可能随之而来的突发的无序状况,这一问题无疑会酿成悲剧。

由此看来,我们这个世界唯一有效的思想是正视现实的无序状况,而唯一有效的行动是参与这一无序状况,以求它早日终结。这就打开了另一个悲剧视角。我发现自己仍然同意卡莱尔的观点。他在《宪章运动》中写道：

> 有些人在成千上万劳苦大众的苦难中看到的不是苦难，而是可以加工和交易的原材料，用来满足自己贫乏而褊狭的理论和自我中心的情结。对这些人而言，心脏在胸膛里跳动的、有着七情六欲的成千上万同胞，只不过是“炸药般地冲垮巴士底监狱”并在讲坛下为我们投票的“大众”。这样的人属于值得怀疑的一类。

我已经论及许多值得怀疑的不愿投入革命的做法的实质。我现在还想借助卡莱尔以及发生在他之后的真实经验，再次指出有一类常见的投入值得怀疑。毫无疑问，对革命的投入可能会产生一种麻木态度，以至于最终否定革命的目标。就像利用他人的苦难那样，有些人从一开始就
做出虚伪的承诺。最显著的例子是法西斯主义；它正是这个含义上的虚 81
假革命。在现实的历史压力下，尤其在遭受孤立、攻击或危及生存的资源匮乏时，人们的麻木态度和讨价还价现象也不断出现在真实的革命活动当中。革命目标中的敌人于是抓住这些迹象。他们或者反对这一革命，或者趁势让旧观念死灰复燃，宣扬人不可能改变自身处境，抱负将把恐怖当作理所当然的伙伴。

我们显然不得不承认革命这悲剧性的一面，却不可以这样去理解它。我们仍然必须关注整个行动，把实际的解放看作与令我们厌恶的恐怖现象共同存在，它们是同一个过程的组成部分。我的意思不是说人的解放可以抵消生活中的恐怖，而是说它们有着相互的联系，而这种联系是悲剧性的。问题最后的真相似乎是这样的：反对人类异化的长期革命在现实的历史境况中会产生自身新的异化。如果要保持革命的性质，它就必须努力去理解并超越这些异化现象。

在我看来，革命的异化形式有若干种。首先是一个简单而又残酷的

悖论,即革命行动很容易将它的公开敌人"不当人"。当一个暴君被处决时,他似乎不是人,而是物体。他的凶残被以牙还牙,从而使这一特征与人的解放错误地连在一起。但这不仅是一个关系到公开敌人的问题。在巨大的压力下,革命目标本身也可能被抽象化,并且被置于真实的人之上。现在和将来的重要连接本来只可能在经验和变化着的具体关系中发生,现在却被遮掩和替换了。还有一种异化把真实的苦难和希望变成仅仅是策略上的"革命形势"。与之相关的一个做法是将革命的观念强加于现实的男人和女人,并且说这样做是为了他们。使革命成为抽象概念的旧的线性模式于是被强加于经验之上,其中包括革命经验本身。在许多情况下,只有这一抽象概念才能让人坚持下去,虽然他们的力量也很有限。但在这样的危机之中,把它强加于人会使朋友成为敌人,同时也把真实的生活变成某种被无情扭曲了的思想材料。革命的目标出自
82 于最有人性的东西之中,因而也最多样化,现在它却被革命人物的单一英雄形象所否定。由于这一形象是从整个解放过程中抽离出来的,它的不屈不挠也就成了自己最为内在的敌人。

就是这样,革命的最积极成分可以转变为实际的敌人,尽管其他人乃至他们本人把自己看成是革命最完美的体现。如果我们认为这仅仅是偶然现象或者是坏人的偶尔现身,那我们就根本没有看清问题。因为我们是在回避整体行动的性质,并把它的普遍意义投射到被我们理想化或厌恶的个人身上。如果将自己提升至旁观者和裁判的位置,我们就掩盖了自己在这一行动中的真实角色,进而漠不关心地得出结论,说过去发生的事情都不可避免,甚至还以为这是必然的规律。当我们看到结束异化的努力产生出新的自身的异化时,我们的确看到了某种悲剧的必然性。然而,如果我们关注整个行动,我们又看到一种正在其中展开的反对新的异化的努力:对无序状态的把握将导致社会秩序的新意象;一种反对静态革命意识的革命,以及再生和重新经历的真正行动。因此,我们知道的不仅是英勇解放的简单行动,我们还知道简单的反应是

不够的。如果要承认自己或他人的异化是不可更改的境况,我们必须意识到其他人会(通过生存本身)拒绝接受这样的观点。那样,我们就不自觉地成了他们的敌人,从而以最痛苦的方式肯定了极度无序的存在。

就其最深刻的意义而言,悲剧行动不是肯定无序状况,而是无序状况带来的经验、认识及其解决。这一行动在我们时代很普遍,而它的名称就是革命。我们必须看到必然引起革命的、现实的无序状况,以及存在于克服无序状况的无序斗争中的邪恶和苦难。我们必须在亲切而直接的经验中认识这种苦难,而不要用名称去掩盖它。但是,我们关注的是整体行动:它不仅包括邪恶,而且包括那些与邪恶斗争的人们;它不仅有危机,而且有危机释放出来的能量以及我们从中学到的精神。我们把这些要素联系起来,因为那才是悲剧的行动。我们从苦难中学到的东西又是革命,因为我们承认其他人也是人,而任何这样的姿态都是现实 83
生活中持续不断的斗争的起点。我们只有从这一悲剧性的角度去认识革命才能够持之以恒。

五

悲剧观念的延续

我写作的起点是悲剧理论与悲剧经验之间的差距。接下来我探讨了悲剧思想史，然后又对我觉得是当代占主导地位的意识形态提出批评。此后，我对悲剧和历史的关系，尤其是悲剧与革命在当代的关系进行了论述。在本书的剩余部分，我的重点将有所不同。我对悲剧观念和经验的思考需要另外一种讨论，即对现代悲剧文学的讨论。这就是本书第二部分的内容。其中，我的论点将以一种相当不同的形式再次受到
84 检验。

第二部分
现代悲剧文学

一

从英雄到受害者

从自由主义悲剧的创生到易卜生和米勒

我们这个时代目睹了自由主义悲剧的兴盛和衰退。理解它的情感结构是当前一个重要的问题。因为尽管我们可以看到这一情感结构正在日益丧失其影响力,它在一定程度上仍然左右着我们所有人。

在自由主义悲剧的中心是这么一种独特的情境:人既处在自己能力的巅峰,也面临自己力量的极限。他的理想远大,却遭到挫败。他释放很多能量,却被自己的能量所摧毁。这一结构带有自由主义的色彩,因为它强调不断超越的个人;这一结构也是悲剧性的,因为它最终认识到失败或胜利的局限。将近四个世纪以来,我们目睹了个人冲动与绝对障碍之间的张力。这一张力经历了许多形式,我们必须加以区分。说到底,我们必须追溯的是从悲剧英雄到悲剧受害者的转变。

我们过去一直以为,悲剧主要讲述个体与毁灭他的力量之间的冲突。无论什么感觉,一旦它变得强烈,就会深刻影响我们的思维方式,以至于同化和改造历史。其他人的艺术只在这个意义上存在。我们对古希腊悲剧的解读也许是最清楚的例子。从古到今,我们都无视证据,一直在按照自己的意象重新塑造古希腊悲剧:悲剧主人公是戏剧的中心,他面对某种毁灭性的外部安排,显得既伟大,又无助。我们尝试过把心理学引入戏剧行动(因为这是我们当代的科学),但就批判的角度而言,它总是和这种行动风马牛不相及。我们也曾在个人的性格中寻找足以引

起这类行动的悲剧性瑕疵。然而,就在当代起主导作用的情感结构开始
87 解体之时，我们越来越清楚地意识到，古希腊的悲剧行动并不源于个人,也不源于我们现代意义上的个体心理学。它植根于历史,而且不仅仅是人类的历史。它的动力不是某一个人的性格,而是最终超越个人的继承权和家族关系。因此,我们看到的不是被普遍化了的个体行动,而是被个体化了的普遍行动。我们了解到的是变化无常的世界,而不是人的性格。如此呈现的人类生活随时随地面临突变。通过提醒人们和重温这一认识,这一范例引起观众对人类普遍处境的怜悯和恐惧。

有人说,基督教对个人的新的强调改变了这种世界观。这一说法似乎站不住脚,尤其因为它假定了一个单一的基督教传统。在人道主义和个人主义(特别是后者)之前,基督教世界没有什么重要的悲剧。回顾我们的文学,我们可以发现,重要悲剧的出现晚于文艺复兴和宗教改革这些复杂过程对个人能量的释放以及对个人命运的强调。到了马洛和莎士比亚时代，我们现在熟知的这个结构开始得到积极的塑造，也就是说,开始有个体的人受自身理想和本性的驱使,走上通向悲剧的行程。

尽管我们清楚地记得与之完全不同的传统生活观念具有何等顽固的影响,我们也一定会看到这种新的精神。假如看不到中世纪世界观的残留因素,我们必定无法理解伊丽莎白时期的悲剧。那些关于秩序和等级、关于人和自然之复杂联系的旧观念不仅活跃于言语之中,而且体现在戏剧形式的某些重要惯例上。要说明这种继承关系相对容易。例如，我们可以通过个人、类型以及某一共同处境之间的关系来展示道德剧传统的延续。然而，传统的延续是在一个非常活跃的变革过程中完成的。我们只需回到马洛之前一百年的道德剧《人性的召唤》,就可以看到那些基本观念和惯例产生了哪些独特的东西。死亡在埃弗里曼的中年向他走来。埃弗里曼感到害怕,所以想方设法躲避它。然而,这一戏剧行动非常自信地把埃弗里曼带到那个黑房间的边缘,他必须在那里消失。
88 这种自信有一个最引人注目的方面。上帝亲自在黑房间上方的平台旁

等待埃弗里曼的到来。他对是否进去仍然犹豫不决，房间里什么也看不见。然而，穿过这间屋子不但不可避免，而且还是埃弗里曼走近上帝的唯一途径。在这一层面上，人们看到的是逃避和恐惧，但不是后来出现的悲剧声音。当悲剧声音真正到来的时候，它具有极其鲜明的特征，即一个身陷绝境的孤独之人。这不仅是上帝戏剧性地从平台上消失，它还表明生命在陷入绝境之前有着截然不同的体验。生命在《人性的召唤》中被纳入若干普遍和刻板的类型，这种做法现在让位于特殊性、短暂性以及对过程的积极意识。尽管这个新的戏剧形式仍然参照那些熟知的范畴，它的活力主要来自于人在瞬息即逝的经验中的自我意识。这一自我意识本身已经具有戏剧性，因而成为各种新戏剧的表现对象。只有存在于个体经验之中的普遍生命过程才被认为是最强烈的。

戏剧行动也相应发生了变化。一次又一次，它的起因来自某一具体个人的特征。这个人或主人公在剧终时发现了自身的悲剧性局限（其中包括死亡这个绝对的事实），但他一次又一次，或者说，他矢志不渝地努力去触及这些局限。他把所有的精力都投放于这条探索的征程，并最终意识到这些局限。此类戏剧之所以内容异常丰富（远不止对生命特殊性无可比拟的颂扬），恰恰是因为它们发现和探索永远不可能仅仅是死亡的人的局限。在这里，我们的确看到来自秩序和等级这类关于人的熟悉范畴的必不可少的压力。这些压力在人的活动中受到挑战和考验，因而产生了困惑，一种令人兴奋的困惑。

然而在挑战秩序的时候，人所面临的局限还不止这些。他在自己身上发现了新的局限。存在于人的性格当中的秩序也会崩溃，并具有同样的重要性和悲剧性。认识和探索精神崩溃或精神失常这样的个人经验是相当近代的事情。就其全部的意义而言，这里的重点不在于列举局限，而在于努力发现和探索局限却又为之感到困惑的过程。传统的范畴依然得到肯定，但一切都经过质疑。这一精神释放了如此巨大的能量， 89
有时似乎把人的整个身体震撼成碎片。这无疑是我们正在追溯的情感结构的源头之一。也就是说,个人的活力对自信的旧秩序所预制的局限发出挑战。虽然这一秩序仍然在起作用,但它已经受到质疑、分解、重新认识和命名;它也因为新的悲剧经验和资源而感到困惑。就这样,属于我们当今传统的悲剧声音第一次被听到:一个处在自身能力极限的人渴望找到意义,而已知的意义和答案在得到肯定的同时被矛盾的经验所质疑和打破。

就接下来的那段戏剧历史而言,最重要的延续是公共秩序,处于其中心的是不一样的个人悲剧。在通常情况下,主人公仍然是有地位的人,即王子。即便驱动他的能量是个人的,公共秩序可以跟随他的地位而升降,得到肯定,或者遭到破坏。在对生命的新探索中,主人公的地位已经不重要,至少人们可以这么认为。但悲剧主人公仍然以某种社会地位为标记,从而显示他的普遍重要性。在古希腊悲剧中,与继承权、血缘及责任密切关联的悲剧主人公的地位限制了个性,它的发展仅仅是为了满足普遍行动的需要。在伊丽莎白时代的悲剧里,主人公的地位同样有着对内和对外的限定作用,但我们可以在那里看到个性,而这两个共存的因素所引起的冲突通常是悲剧的来源之一。这样一来,生命的探索能量与秩序之间的张力这一普遍行动在主人公身上得到了再现,它具体表现为个体的人与社会角色之间的冲突。就是这些张力形成了那种特殊的悲剧。

戏剧发展到这一阶段,我们可以恰当地称之为人道主义悲剧,确切地讲,这还不是自由主义悲剧。在接下来的阶段里,产生这种伟大戏剧的张力确实崩溃了。在十八世纪早期,英国悲剧竭力迎合中产阶级生活的思维习惯。这种尝试是必须的,而且可以理解,但它没有立即获得成
90 功(虽然法国人和德国人后来对它的摹仿为严肃现代悲剧的诞生提供了一个要素)。回过头来看,我们很容易把注意力锁定在那个最常讨论的变化上:主人公地位的变化。

没有皇室的隆重形式和耀眼的排场
缪斯讲述一个关于私人苦难的故事
精心制作源于普通生活场景的苦恼
一个心狠手辣的兄弟,一个受到伤害的妻子。

除了地位的变化,还有其他情况在发生:

长久以来,帝王和国家的命运
一直是悲剧的普通主题,
好像不幸把王位当作她的交椅,
只有伟人才可能不幸……
我们带着惊奇听着这些故事,
但它们离得太远,也居得太高,
我们无法怜悯我们不能分享的事情。

再看下面:

崇高的悲剧女神乐于向我们展示
最凄惨的王子和皇家的苦难;
以庄严的气派
讲述国家的毁灭或某个英雄的命运:
手握皇杖的帝王可以通过榜样
得知下层世事的奇怪变迁;
安全背后隐藏着何种危险,
骄傲和残忍怎样以毁灭告终;
由此知晓和承认至高无上的天意,
自身的人性给王位增添荣耀。

在以往每个时代和所有外国语言里
女神就是这样以天生的隆重歌唱。
而在我们的舞台上，确实带着期盼的成功
你有时看到她身穿卑微的衣裳……
从她明亮的眼睛里落下的光彩夺目的泪珠
犹如更加绚丽的宝石弥补了缺失了的华贵。
请原谅我们，如果我们想要
用自然的旋律，展示一个私人的不幸。
一个伦敦学徒的毁灭，就是我们的主题……

最后:

我们从下层的生活中汲取苦难的情景:
91 ——不要因为他们是同类而减少你的怜悯。

我们在这里见到的是对怜悯新颖而独特的强调:怜悯即同情。这是人道主义(至少作为理想)在不断增强的标志。有趣的是，有人只把怜悯之心与隆重形式对比。我们还应该关注以往的悲剧在何种程度上把地位强调为决定性因素。在资产阶级革命时代，王权与宇宙秩序之间那种封建和后封建的联系遭到唾弃，这当然不可避免。但这样做的实际后果显然是戏剧广度的丧失。我们可以将这一情形定义为私人层面以外所有人际联系的丧失。人道主义作为一种意识形态正是这一缩减的准确表达。它表达了私人之间的同情和怜悯，却不明言地排除一切积极的社会概念，从而也排除了任何关于秩序和正义的清晰思考。

将这一情形归咎于资产阶级当然很容易，许多戏剧史家正是这样做的。但是，简单的责备轻易地忽视了实际存在的中间阶段。在这一时期里，通过戏剧表现出来的封建秩序已经从内部瓦解。就戏剧而言，对个性和秩序之间的张力的积极探索实际在十七世纪早期已经戛然而止。英国革命对社会的重大挑战理应产生新的戏剧，但事实并非如此。清教对戏剧的排斥或许起了决定性作用。实际发生的情况是戏剧与社会主流分道扬镳，伊丽莎白时期悲剧的重要冲突被归结为仍然在继续的非主流戏剧中的“隆重形式”和“排场”。主人公试探人类极限的能量被程式化了，它凝固为“英雄悲剧”中的固定姿态。蒲柏或许会把艾迪生笔下的加图描绘成：

> 一个勇士在命运的风暴中奋斗，
> 他与即将灭亡的国家一起英勇倒下

但科提斯对当时悲剧的描述更为真实：

> 除了你的笔，有谁能够描绘那充满疑虑的挣扎，
> 为了荣誉，还是热爱生活？ 92

一成不变的程式化情感与地位或荣誉所要求的一成不变的程式化职责之间的冲突，基本取代了早先更有创造性的张力。当资产阶级悲剧作家摈弃“隆重形式”的时候，他们攻击的只是一个空壳而已。

换句话说，地位成了阶级。这种情形一旦发生，悲剧不可避免地需要重新定义。地位意味着秩序和关系；阶级仅仅是一个没有固定形态的社会中的区分。这样一来，建立人与人之间的联系只涉及对“私人苦难”和“私人悲伤”的人道主义同情。伴随积极同情心而来的是对所谓赎罪的信念：这实际上是相信悔过和良心发现。问题不仅仅是这一情感结构使悲剧写作变得困难。假如它真的能坚持住，那我们遭受的损失倒不会很大。问题也不在于我们对大相径庭的结构进行的组合产生了感伤悲剧，而它现在却毫无价值。重要的是悲剧丧失了广度和参照。在私人同

情和公共秩序之间存在着一个明显的缺口。受怜悯和同情的驱使并努力采用现实主义手法的资产阶级悲剧作家实际上被这一缺口捉弄了，因为在这种情况下现实主义是不可能的。究其原因,悲剧的来源即使在经验中也不仅仅是私人的。那个时期最有名的戏剧（李洛的《伦敦商人》)甚至明显具有社会性质。因此,我们应该注意的是,在与新社会的现实法规进行抗争时,怜悯和同情除了作为姿态,起不到多少作用。就跟这个学徒偷窃的故事一样，一旦涉及财产，道德判断是严厉和明确的。偷窃被系统地、令人费解地与谋杀联系在一起,就像造反曾经被与扰乱宇宙秩序联系在一起。具有自身必然逻辑的绞架于是被竖立起来，人道主义的怜悯和同情只能站在它的阴影之中。悲伤伴随死刑,人道主义也就此达到极限。

这样看来，我们在广度缩小的背后看到的是一种对现存社会结构沾沾自喜的肯定。犯罪是不值得的,而且犯罪总是涉及财产。权力的专横已经在血泊中得到体验;它的种种炫耀可以看作排场而加以摈弃。然
93 而,财产的专横也是人类的事实,但资产阶级悲剧作家却缺乏勇气去检验它。有人间接地或一知半解地意识到,谋取金钱的争斗已经取代了谋取权力的争斗,成为人和悲剧的新的动力。在李洛的《致命的好奇心》中,我们也间接地看到家庭生活因为对钱的贪婪而中断,但这里的必然性没有受到严肃的质疑,并且肯定不能和整个人类欲望相联系。有人责怪资产阶级悲剧的社会性太强，而且缺乏文艺复兴和人道主义悲剧的普遍指涉。如果从另外一个角度来看问题,它的社会性还不够,因为仅仅凭借怜悯和同情的私人伦理,它无法应对当时的真实矛盾,即人的欲望与社会限制之间的矛盾。透过它既同情又肯定的双重声音,我们第一次听到了人作为受害者的微弱调子:原先的高大英雄主义消失了;人们感受到局限,却难以言表。事实上,当这些局限最终被搞清楚并且被命名为虚伪社会的时候,英雄可以以它的叛逆者形象再度出现。但这要等到整整一个世纪以后,也就是自由主义悲剧的时期。

作为一种有创造性的力量，原初的那种资产阶级悲剧很快就消失了。从某种意义上说，它受迫于自身的矛盾而转入地下。这一探索能量以怪诞的形式在浪漫主义悲剧中再度出现。人们可以透过浪漫主义悲剧的种种失败，清楚地看到个人活力的再生和重新提出。人的欲望再度变得强烈和不可或缺。它们向外伸展，试探宇宙本身。社会被认为是惯例，而惯例被当作欲望的敌人。在意识的层面上，个人的反抗是人道主义的，普罗米修斯和浮士德是它的英雄典型。但在无意识的层面上，欲望的处境是它永远遭受禁止。这样一来，欲望总是以隐晦乃至怪诞不经的形式出现。有些事件看上去像反叛，但更恰当地说，它们是对天堂和地狱绝望的挑战。与此相关的是对忏悔的沉溺：它既深沉，又无所不在，远非其表面原因所能够解释。因为在浪漫主义悲剧中，人不可言表的终极罪过就是坚持自我。

人在世界上无家可归，带罪流浪，天马行空的欲望导致自我和他人的解体。这些浪漫主义的主题为几乎所有现代悲剧提供了重要资源。抱 94
负至高无上，但具有讽刺意味的是，它发生在人努力摆脱自我的情境之中。这一悖论后来在一位天才的剧作家那里得到了表现。到了易卜生的成熟期，自由主义悲剧的最后一项资源也出现了：人们越来越相信虚伪的社会即个人的死敌，他们从社会的角度去描述原先无法言说的异化。这批注重社会的思想接着产生了各种各样的影响，其中包括后来对悲剧的否定。人不仅创造了自我，而且能够改造自我。渴望拯救和再生的浪漫主义理想在这一潮流中或多或少被赋予了精确的社会的定义。人处于极限状态时容易酿成悲剧，这时他意识到这些局限的性质，而且能够消除它们。如果这种消除行动被看作一个社会过程，它根本不会导致悲剧，至少在十九世纪是这样。事实上，悲剧的观念被当作神秘意识和宿命论而遭到摈弃。这一具有讽刺意味的做法至今仍然缠扰着我们，因为集体的悲剧或悲剧的社会一直是我们广泛而深刻的经验。但是，这无论如何不是自由主义的道路。这里出现的主导性意象不是革命，而是个体的解放者。用不着别人帮助,也无需其他理由,个体的人能够拓展他的极限和改变他的世界。与此前的浪漫主义悲剧以及此后的存在主义悲剧相比,这一想法在十九世纪晚期仍然最纯正。凭借选择和意志,这一个体拒绝扮演受害者的角色而成为新一类的英雄。他的英雄气概不再来自高尚的苦难,因为那种极限已经被超越。它现在明确来自抱负本身。他的目标是实现自我,而任何这样的进步都是一种普遍的解放。换一种方式来表达,单数的人成了复数和大写的人。

在其兴盛时期,自由主义悲剧从上面提到的所有资源中汲取养料,并以全新的形式和紧迫感创造出一种特殊的情感结构。重要的是在这个阶段,当它出现在易卜生作品里的时候,不要对它进行分割。人道主义对未知生命领域的探索,资产阶级对博爱精神及金钱的沉溺,浪漫主
95 义对异化、悔恨以及变态欲望的强烈感受,社会倾向对僵化的制度以及缩手缩脚的信仰的认识,所有这些成分都可以在易卜生的作品中找到,但它们在那里是一种积极的组合,而不是互不相干的影响。将易卜生作品纳入上述某一方面的做法在文学批评中很常见。他是一位社会批评家,又是一位浪漫主义者或存在主义者,评论家各执一词,都有道理。然而,真正有趣的是他的作品本身,因为它们表现了各种思想的较量及其在一部具体戏剧中的合成。

易卜生在他的戏剧中一次又一次以异常丰富的细节再现了虚伪的人际关系、虚伪的社会以及虚伪的人生处境。这一尺度上的标记经常很难察觉。直接的谎言几乎无所不在,但它的终极指涉却变化很大:它有时候指某种可以改变的状况,有时候指某种绝对状况,更多的时候则模棱两可,介于两者之间。然而,不管它的形式如何,易卜生的作品中始终包含普遍的指涉。谎言从来不仅仅是局部的,而是某种普遍状况的征象。自由主义悲剧有一个特点,对它来说,与谎言作战是个人的事情;人为自己的生命而奋斗。布兰德的原则是“要么得到一切,要么一无所有”,妥协对他来说是不可思议的:

你有一样东西不可以花费，
那就是内心最深处的自我，
你无法将它捆绑或扭曲，
也不能阻拦你的使命之航道。

他还说：

充分实现自我，
乃人之正当权益，
此外我别无所求。

不仅如此，“权益”也是“使命”：

一个伟大的存在向我发布命令。我必须遵从。

走向完满的使命被看作自我实现，而且是必不可少的。正如经典的自由主义口号所说，权益和责任在自我实现中相结合。

然而，自我实现的全部意义在于不惜生命向现存的妥协秩序挑战，因为谎言在这里是真实的：人惧怕完整，惧怕实现自我。正如那位牧师所说：

毁灭一个人的最有效方法
就是将他变成一个个体。

人选择了支离破碎的生活方式，因为它最容易。但这一选择亦表明他们 96
的个人生活以及整个社会都不健康。生活惯例对我们有害，但过分偏离生活惯例也同样如此。我们需要的不是简单的拒绝，而是一种新的彻底的赞同，因为我们时代或我们这代人患了疾病，需要医治。这样一来，完全实现自我的个人成了解放者，或者乐意当解放者。这一立场多次出现在易卜生的作品中，虽然每一次的解决各不相同。在《社会支柱》、《玩偶之家》以及《人民公敌》里，拒绝妥协的清晰主题贯穿始终。它的结局如果不是解放，至少也是积极的个人反抗。《彼尔·京特》乍看上去像一次实现自我的征程，但最后被证明是简单逃避。脱离了现实世界及其人际关系，孤独的自我变得枯槁而脆弱，唯有回返社会才能获得拯救。更加常见但程度稍有不同的情形是，个人的抗争被认为既是必要的，也是悲剧性的。通过妥协而逃避自我实现会滋生虚伪的人际关系和病态的社会；但实现自我的努力总是以悲剧告终：个人在努力爬出自己的局部世界时遭到毁灭。

这就是自由主义悲剧的核心，它在许多方面很难理解。不难理解的是那个自由主义烈士的立场，或者说，一位遭到虚伪社会敌视和毁灭的英雄解放者的立场。易卜生显然熟悉这种感觉，因为它在斯托克曼身上找到了令人难忘的表达。然而，易卜生并不总是将他的主人公带向死亡。斯托克曼就比他的对手坚强，而且生存了下来：

> 最孤独的人是世界上最坚强的人。

主人公的死亡也不仅仅是因为偶然事故，或者出于剧情发展的需要。事实上，在“义务”这一重要概念中，悲剧被置入了抱负的形式之中。

人们不断在戏剧行动和戏剧意象之中探讨义务的性质。正如抱负不可以被简单地归结为社会改良、宗教冲动或自我表现，它固执地停留在一般的层面上（指人的精神能量的解放），义务同样也不可以归结为
97 世代相传的对疲于妥协的社会或对人的原罪的责任。抱负和义务经常以这些形式出现，但在更多的情况下，真实作品所探讨的是各种力量之

间的冲突，而不是它们的定义。因此，虽然《布兰德》含有简单的宿命论：

> 孩子必须用鲜血
> 为他们父母赎罪

但我们也可以清楚地看到，拒绝妥协的行动又招致新的义务。最终有罪的是布兰德本人，而不是他的子女或其他人。假如他的罪过当即受到谴责，假如从最后的雪崩中传出的声音（"他是仁爱的上帝"）是一个判决，事情就会更加清楚。但这没有发生。布兰德的行动是必须的，而他又不可能不落到如此境地。这不是一出伦理悲剧，展示不同的选择可以带来安全。选择和命运并非真实的可能性。

我们一次又一次在易卜生的作品中看到，主人公面对的世界充满谎言、妥协和僵硬的观念；当他奋起抗争的时候，主人公发现作为人他也属于这个世界，而且继承了它的毁灭倾向。易卜生左顾右盼，希望走出这一悲剧性僵局。然而，他通常返回原处，承认它具有可怕的力量：

> 鬼魂！……我几乎相信我们全是鬼魂，曼德斯牧师。这不仅因为我们从父母那里继承的东西还在我们身上行走。这还牵涉到每一个已经死亡的观念，没有生命的陈旧信仰，等等。它们已经死亡，却仍然拽住我们，怎么也甩不掉。每次当我阅读报纸的时候，我似乎在字里行间看到了隐藏着的鬼魂。我们国家肯定到处是鬼魂，就跟海滩的沙粒一样密集。所以我们都如此惧怕光明。

这一经常得到表白的立场不是向黑暗投降的托词。渴求光明的呐喊以及爬出这一世界的欲望既坚忍不拔，又明确无误：

> 给我空气和白昼的火焰……

由黑暗通向光明……

高原上的夏日夜晚……

生命的喜悦……永远、永远的生命喜悦——明亮，阳光，还有芬芳的空气……

98 母亲啊，给我太阳。

最后一行是奥斯沃临终的呐喊。它提醒我们，光明只是人在他的承受力达到极限的时刻爆发出来的祈求。叛教者尤里安的死亡，而不是基督的死亡，才是重要的结局。

美丽的大地，美丽的生活……哎，海利奥啊，海利奥，你为什么出卖我？

这里没有弃生求死的想法，没有悲剧性的妥协。易卜生的主人公总是战斗到生命的最后一刻，努力向外攀爬。死亡并不抵触对光明的追求，而是加以肯定。从这个意义上说，他们仍然是英雄，但他们也是悲剧式英雄。

鬼魂拽住我们 …… 怎么也甩不掉。

有自由主义倾向的罗斯默也说：

我们永远无法逃脱它们，我说的是这个屋子里的人。

易卜生的一部分语言无疑有赖于关于原罪的传统观念，但他作品的整体效应实际上是对它的一种改造。他从来没有放弃关于虚伪社会的看法，虽然他意识到其中的复杂情况正在侵蚀那些反抗者的生命。事实上,他也从来不把“义务”与“罪孽”混为一谈。致使他的主人公倒下的重要义务是由追求生命及光明的斗争所引发的，尽管这一点经常令人费解。当我们用“罪孽”一词来描述亚当的欲望时,我们把人的生命看成是毫无抱负的。然而,这种欲望在易卜生的作品中是深厚而合理的。这在《皇帝与加利利人》中表现得最清楚。在为了实现“人的精神重返传统”的“第三帝国”的斗争中,虚伪的权力世界和妥协教条同样被摈弃。尤里安所反对的,是灵魂与肉体相互对立的虚伪境况,因为

> 从加利利的先知成为世界统治者那一天起，一切人性的东西都变得不合法了。因为他,生命成了死亡。

欲望会失败,或者被打碎,但它的存在永远不可能被剥夺。从历史剧到
家庭剧,易卜生的世界始终展示这一事实:个人的欲望在某种毁灭性的 99
虚伪情景中挣扎,以求得自由并了解自我。这就是为什么我们不把他归入认为欲望是虚假而不合法的那个戏剧传统。从最佳意义上说,这仍然是一个自由主义的世界。

然而,这也是一个自由主义悲剧的世界。在他的大多数剧作中,受到肯定的欲望总是无可避免地被推至崩溃的边缘:

> ——一个难于脱身的狭小地方。既不能前进,也不能后退——

如果不是欲望本身,主人公也必然遭到毁灭。为什么会这样呢?为什么人的欲望进行如此有力的斗争,却始终不能成功?毁灭他的并非什么外部力量。正如罗斯默走向死亡时所说:

> 因为在我们上面没有法官,所以我们必须公正地评判自己。

但自我的评判仍然是死亡。它发出的有罪裁决以及必要的惩罚与外部力量所强加的裁决和惩罚一样严厉。

这正是自由主义悲剧的关键。究其原因,我们已经从反抗社会并渴望自由的个体解放者的英雄立场转向反抗自我的悲剧性立场。换句话说,就像理想被认为是个人内心的东西,罪恶也被内在化和个人化了。到最后,个人内心的事实成了唯一的普遍事实。英雄阶段的自由主义开始走向它在二十世纪的瓦解:它走进了那个自我封闭、充满内疚并且与人隔绝的世界。在这个时代,人成了自己的受害者。

我们仍然生活在这样的世界中,而且没有把握能否清楚地解释它的所有压力。一种具有典型意义的意识形态把它说成了真理乃至科学,久而久之,反对它的观点显得软弱无能。如此根深蒂固的情感结构既解释世界,又构筑世界,以至于我们在经验和意识形态中对它很熟悉。反思了易卜生的悲剧之后,我们只能说,他的作品中人为了解脱而挣扎致死的英雄僵局确实是不可避免的,因为那里没有出路。如果欲望被认为
100 在本质上是个人的,那里就只能有不可回避的悲剧性意识。我们必须拨开易卜生那明确无误的社会意识才能发现与此相同的深层个人意识。社会改良当然应该发生,“疾病缠身的地球”也应该“恢复全貌”,但这只能通过个人的行动,即反抗社会的自由主义良心。人民的参与永远不可能带来变革;假如其他人来了,他们最多只能被领导。不仅如此,在很多情况下,变革是反人民的;他们的意志恰恰与解放者背道而驰,所以失望会接踵而来。他赞成作为普遍事实的人的欲望,但他只能在个人的自我实现中体会它。自我接下来得出一个最可怕的发现:在它之外不仅有一个敌对的世界,而且还存在能够忍受同样苦难并具有同样欲望的其他自我。这样一来,自我实现就可以重新定义:它是逃离世界和他人的高山上的孤独。然而,欲望包含着生命的喜悦:宇宙的生命,男人与女人的生命。即使主人公强迫自己拒绝它,他仍然受到它的支配。因此,这种冲突事实上是内心的:它是一种对人际关系的渴望,虽然谁都知道它正

受到制约。欲望正逐渐萎缩成头脑中的一个意象，直至个人意识到对温暖和光明的追求最终会带来冷漠和黑暗。一切朝着人际关系的努力都以负疚而告终。在易卜生作品中完全没有积极而持久的恩爱关系，这一点很重要。《彼尔·京特》剧终的恩爱意象与其说是主人公发现了具有爱心的对象，还不如说是他不再努力，返回母亲的身边。在更多的情形中，与父母的关系甚至不是回复。自然遗传本身就包含着某种恐怖。正如弗洛伊德心理学稍后表明，父母与子女之间的关系本身是有罪的。成人自我背后的家长面孔或感情一经揭露，就变得非常可怕。毫不夸张，那种不可逃避的联系缠绕着自由主义的自我观念。从这个意义上讲，出生就是有罪，而遗传必定会带来“义务”。因为“自由的”自我身份受到必然的生理遗传的限制和指责。那种与他人的联系是不自愿的，它流淌在血液之中。对自由主义的自我来说，这不是联系，而是玷污。

受到最终无法沟通的个人欲望的驱使，易卜生笔下的成年人干脆
尔虞我诈，相互伤害，从而失去了任何实现自我的可能性。自由的定义 101
是逃离这张鱼网，或者以真理的名义揭露它。然而，除了放弃个人生命和仍然活跃与迫切的欲望，我们没有什么去处。欲望总是背叛欲望。实现自我最积极的追求离开了希望实现自我的人。易卜生在他晚期作品中看到的正是这一点。这在下面一段“戏剧尾声”的对话中尤其明显：

> 要见到无可挽回的事实，我们只有等到……
> 什么时候？……
> 当我们死而复醒时。
> 然后我们真正看到什么？
> 我们看到我们从来没有活过。

自我实现的追求在这里以否定生命而告终：

> 它是自我谋杀，一种针对我自己的致命的罪恶。那种罪恶我永远也无法抵偿。

这是最终的悲剧性认识。充满欲望的自我偏离了实现自我的目标，从而走向崩溃。

在自由主义思想的框架内，这一认识并不能够为我们找到出路。有人由此转向共同欲望和共同理想，这是政治上的社会主义；也有人承认失败和崩溃是在所难免的普遍事实，这些人起先还犹豫，但他们的信念越来越坚定，而且越来越黑暗。尽管这两条路径各不相同，但它们都假定了某种整体的状况，从而使有区别的自我在戏剧中成为异常稀有之物。不容否认，萧伯纳在《圣女贞德》和其他作品中仍然保留了英雄般的个体解放者被虚伪的社会毁灭这种比较简单的模式。从数量上看，这一模式也在许多其他戏剧中得到重复，但它通常没有能够包含最深层次的人类能量和问题，至少在欧洲戏剧中是如此。就像在萧伯纳的作品中一样，英雄的个人只是作为一幅浪漫主义肖像存留下来。为避免这一正面角色可能带来的其他后果，他的个性早已被掏空。同样道理，解放的行动也只在狭隘的意义上是历史的和政治的；它不是一种人的绝对要求，而是有限的局部事业。通过戏剧化地将个人变为一种运动掩盖了他
102 受挫的问题，因而不能涉及历史和个性的深层问题。

悲剧的主流走了另一条道路：它进入了那个自我封闭、充满内疚并与人隔绝的即将崩溃的自由主义世界。我们将会追溯这一复杂现象的各个发展阶段，不过在讨论了易卜生之后，我们有必要简单地考察阿瑟·米勒的戏剧作品。从本质上看，这位作家代表了自由主义悲剧在近期的复兴，它几乎（也只能说几乎）转变为社会主义。米勒有别于大多数描写罪恶和精神崩溃的当代剧作家，因为他保留了虚伪社会的意识，并认为这一状况是可以改变的。在许多方面，《全是我的儿子》把我们带回到易卜生的世界。在那里，特殊的谎言成了普遍谎言的例证。乔·凯勒是

一位小制造商。他犯下了一桩社会罪行，却设法逃脱了责任。他默许在战争时期向空军交付不合格的零件，并同意让另外一个人承担坐牢的后果。这一戏剧行动（通过凯勒当飞行员的儿子的死亡）使社会的罪恶个人化，但正因为这种认识，它又获得了社会性。也就是说，它对什么是社会这一问题有了新的理解。这实际上就是克服异化：

> 乔·凯勒的问题……不在于他没有能力辨别是非，而在于他的思维习惯不能够承认他个人与世界、宇宙以及社会有着任何有效的联系。

这样，

> 人就成了生产或分配链上的一种功能，致使他的性格脱离由它自身驱使的行动。

凯勒在这里是一位父亲，通过这一特殊的例子，他被迫认识到人与人相互关联的一般事实：

> 我想对他来说他们全是我的儿子。我觉得他们是，我觉得他们是。

然而，这一新的积极意识只能够停留在口头声明上。它是一种得到个人肯定的关于集体责任和集体犯罪的新的感觉。但悲剧在于这是事后的意识。凯勒和那些被他杀死的人只能是受害者。

这种受害者的感觉在米勒的作品中非常强烈。《炼狱》在戏剧形式
上可能让我们想起《人民公敌》，但集体迫害的可怕力量却是一个崭新 103
的主题。一个人受难的原因是他的存在和自然需要，而不是他的所作所

为。无辜的人和有罪的人被不分青红皂白地混为一谈。社会意识至此已经起了决定性的变化。社会不仅仅是供解放者挑战的虚伪制度,它还积极地毁灭和陷害所有人,只要活着,就成了受害者。社会仍然被看作是虚伪和可以改造的,但现在仅仅生活在其中就足以使一个人成为受害者。《推销员之死》中的受害者不是一个不遵守社会规则的人,或者说,不是一个被挫败了的英雄般的解放者,而是一个与全社会一样的循规蹈矩的人。维利·洛曼起先推销货物,后来推销自己。他事实上成了一件商品,终将会像其他商品一样被经济规律所抛弃。他使自己蒙受悲剧不是因为反对谎言,而是因为生活在谎言之中。具有讽刺意味的是,他的抱负就是他的失败,只是后者缺少了解放的目标,他只求自己和儿子们还过得去。似乎必定有矛盾的父母与子女之间的关系,又一次成为悲剧性的决定性力量。一种新的意识就这样形成了:受害者活着找不到出路,但可以努力通过死亡来肯定他已经失去的身份和失落的意志。

《炼狱》中代诉人的死亡就是一种自我保护的行为。他的死是为了保护自己和其他人的清白,从而揭穿当局迫害他人的谎言。

> 我怎么可以活着而没有声誉?

这种通过死亡来证明个人清白的想法,是自由主义悲剧的最后阶段。在《炼狱》中这实际就是自由主义烈士的立场,虽然代诉人的个人罪行又把事情弄得更加复杂。然而,在《推销员之死》和《桥头眺望》当中,这一较为广泛的含义已经不见。作品现在呈现的不是烈士,而是受害者,或者叫脱离了关系的个人。维利·洛曼的死所产生的人际关系的分离证明了一个普遍的社会事实;埃迪·卡尔邦的死又让米勒向后退了一步,他通过受害者的遭遇展示了一种整体情形。在剧情发展的最后,我们又一次看到人与自我的较量。欲望在此加快了速度,释放出毁灭性的能量。
104 一旦埃迪抛弃常规而放纵欲望,一切都迅速瓦解:熟悉的性生活节奏遭到破坏,现在只有变态行为才具有活力。他拒绝了自己的妻子,把欲望转移到由他们抚养大的女儿身上。随着他最旺盛的精力驱使他走向乱伦和同性关系,内疚也成了欲望的一部分,从而毁灭了他的身份以及正常的人际关系。出于可怕而复杂的嫉妒心理,他背叛了自己赖以生存的人际关系,主动将他妻子的移民亲属提交给异化了的个人社会。欲望和内疚一旦如此纠缠不清,生活下去就没有可能。他高呼"还我名声"而走向死亡。

这是正在解体的世界中最后一声悲剧性的呐喊。无法承受的压力使得人类欲望自我毁灭。能够改造生活和世界的个人英雄形象现在已经被遗忘得差不多一干二净,或者说已经成了老皇历。另一方面,孤独的当代人只想保持自我,但他连这一点也做不到,所以就将生活的意义转向名誉和死亡。正如米勒在《桥头眺望》的结尾中说,维持现状而保全生命只"得到一半"。假如这在个人无法独自带来任何改变的虚伪社会里确实如此,那么,追求彻底自我实现的自由主义原初冲动就必定是悲剧性的。那个产生意志和欲望的自我毁灭了生存的自我,而拒绝意志和欲望也是悲剧。这一点越来越无关紧要,因为自我已经被毁灭。

《堕落之后》向我们展示得非常清楚,最后的一步就是接受人微言轻这一事实并将它抽象化。欲望和内疚难以区分;虚伪的社会(折磨、背叛等等)被认为是人的欲望的一部分,所以不可能再有效地加以反对,甚至连通过死亡的痛苦挑战也无济于事。我们只能在孤立无援的苦难中承认、原谅和忍受它。在这一点上,僵局是绝对的,我们都是受害者。抱负本身只是残酷的伪装。这样的想法对个人来说是迫切的,但最终也是沾沾自喜的认识。当这一情形在整个文化的心灵中发生,自由主义悲剧也就在它自身的僵局中画上了句号。 105

二

私人悲剧

斯特林堡、奥尼尔、田纳西·威廉斯

有这么一类悲剧，它的结局展示孤独而无家可归的人暴露在由自己引发的狂风暴雨之中。这一惨遭风吹雨打的情形曾经是人道主义和自由主义悲剧中常见的僵局。还有一类悲剧，它们从表面上看也是这样，实际上却以孤独而无家可归的人作为起点。所有的原始能量都集中在这个独自追求、独自饮食、独自奋斗的孤家寡人身上。社会充其量只是一种武断的制度，用来防止这群人相互残杀。当这些孤独的人在所谓的人际关系中相遇，他们的交流必定是形形色色的斗争。

按照这一观点，悲剧是与生俱来的。这不仅因为人的最深层的原始欲望被他人和社会挫败，而且因为这些欲望本身包含着破坏和自我破坏。所谓的死亡意向被赋予了普遍本能的地位，由它派生出来的破坏性和侵略性也被认为基本上是正常的。这样一来，生活的过程就成了人的强大能量为了寻求满足和死亡而不断做出的斗争和调整。要充分强调满足这一状态当然可以，但在这种独特的思维框架中，无论其程度多么强烈，满足必定是短暂的，而且涉及征服和打败别人。死亡的愿望也许没有这么强烈，或者隐藏得很深，然而一旦实现，它无疑是永久的。生命和死亡于是以这种方式被重新估价。生活的风暴不需要由任何个人行动来引发；它开始于我们出生的那一刻，我们绝对没有可能逃避。与此相对，死亡是一种成就，一种相对的稳定和平静。

奥古斯特·斯特林堡的作品是此类悲剧中最具挑战性的例子。在死板的理论阐述中，这种对人的解释可能显得冷漠或荒唐，即使在许多正 106
统的教科书中也是如此。然而，它一旦被付诸经验，再加上戏剧的魅力，事情通常就大不一样了。我们可以看到理论阐述在许多方面具有明显的排他性，它排斥了许多种真实的行动和情感。但从历史的记录来看，这一理论在最初出现的时候似乎具有非常了不起的包容性，它从一个崭新而有力的角度去有效审视许多已知的行动和情感。当描写毁灭性人际关系的悲剧被带入新近受到关注的生活领域，而且言之有理或论之有据的时候，它能够令许多人耳目一新。

斯特林堡在《朱丽小姐》的序言中写道：

> 就个人而言，我在激烈而残酷的斗争中找到人生的乐趣。我的乐趣在于接触新事物和学习新事物。

这里的兴趣焦点具有典型意义："激烈而残酷的斗争"确实是一个缩影。然而，在斯特林堡的早期作品中，这一注意力受到探索精神和理解与求知欲望的制约。同样，弗洛伊德对非人性因素的假定也大大受制于他为求知治病所作的终身努力。把"激烈而残酷的斗争"看成全部真理并只需要实例去证明属于该模式的最后发展，是稍后由其他人完成的。

当资产阶级悲剧作家谈及私人悲剧时，他们把注意力放在家庭上，以此作为国家的替代。具有代表意义的是，没有人再提起社会；个人生活是一种家庭事务。即使在这么早的时候，独立的个人欲望可能导致家庭解体已经被看作一个悲剧主题。然而，最终主导资产阶级想象力的那种家庭解体远不止这一点。我们已经在自由主义悲剧中看到遗传如何受到玷污而变得令人恐惧。斯特林堡以及他后面的许多作家的世界走得比这更远。在深受重视的主要人际关系中，遗传受到玷污的事实被认为是理所当然的。相对于把爱情与毁灭连在一起的做法，这一点不足为

奇。与自由主义作家的假定不同,爱情与毁灭的紧密联系并非某特定历
107 史时期的产物,而是普遍存在于一切自然的人际关系之中。男人和女人在爱情和创造新生命的行动中企求毁灭对方。新的生命本身也永远有罪,这不是因为遗传,而是因为他必须出生在其中的那组人际关系。他被父母用来作为长期斗争中的武器和奖励,但他本人并不受欢迎。不仅如此,因为出生地不是最终的归宿,所以他继续遭到嫌弃。另一方面,失去这一场所是一种绝对的暴露, 他时时刻刻都梦想回到那不可能的地方。照此解释,生命的创造与生命的处境同样是悲剧性的。这是一种沉重而可怕的痛苦,爱与成长的积极愿望最终只能突现和证实它的存在。痛苦的存在之所以被突现,是因为人的快乐很短暂;痛苦的存在之所以被证实,是因为人的本性决定他们还会进行同样的斗争和伤害。爱情与损失,爱情与毁灭,它们是同一枚硬币的两面。

上尉:……我的父母没有"要"我。这样,我的出生就缺乏意愿。当你我结合的时候,我以为我在弥补自我的缺憾,这就是为什么你占了上风……

劳拉:……这就是为什么我把你当作我的孩子来疼爱。然而,每当你以恋人的姿态出现在我面前的时候,你一定看到了我的羞愧。你的拥抱的确让我高兴,但接下来却是良心的疼痛,仿佛连我的血液都感到羞愧。母亲成了情人!这正是错误所在。你应该明白,母亲是你的朋友,而情人是你的敌人;两性之间的爱是倾轧。不要以为我把自己献给了你。我没有献出,而是得到——得到我想要的东西……

以上是《父亲》里的一段重要对话,斯特林堡称这出戏为"我的悲剧"。上尉精神失常是由于他的妻子决心不惜一切代价控制他们的孩子。在制造孩子的过程中,男人的分工不得超过规定。现在他已经完成任务,可

以被赶出门外。然而，致使上尉精神崩溃的不仅仅是劳拉的残酷以及别的妇女的支持。随着上尉发现什么是做父亲的真谛，他失去了生活的意志：

> 我不相信死后的生活，孩子就是我对生命不灭的看法，这或许是唯一可以真实表达的看法。如果把那个东西从我的生活中夺走，你就切断了我的生命。

然而，孩子被夺走被认为是不可避免的： 108

> 你在做父亲的时候难道从来没有觉得滑稽？在我看来，最可笑的情形莫过于看见一个父亲牵着他孩子的手沿街行走，或听见一个父亲谈论他的孩子。"我妻子的孩子。"他应该说。……我的孩子！男人没有孩子。只有女人才能得到孩子，这就是为什么前途属于她们，而我们死的时候没有后代。

斯特林堡凭借《父亲》和《死亡之舞》的感染力来表现这一既可怕又荒诞的情景。这两种特征的结合诠释了相关作品的风格，观众在戏剧中感受不到同情，因为那里同时还存在恼怒和厌恶。苦难是有目共睹的，而且受到重视，但同时存在于戏剧之中的还有对不可能但却永恒的关系的强烈抗议。

与斯特林堡的作品特别相关的是，破坏性人际关系的观念在这一阶段仍然与其他的能量和功用连在一起。就像在上尉的实验中一样，求知的愿望是真实的，似乎也是绝对的，只不过它后来被对婚姻的仇恨所压倒。在关于孩子的意义那段话中，上尉明确提及意愿、目的以及生命不灭的概念。恐惧将那些人类的冲动连根拔起，这也是悲剧的一部分。

斯特林堡自称是一位自然主义作家，这不仅仅是对他的写作方法的描述：

> 自然主义不是贝克式的戏剧创作方法，它不是一张无所不包的照片，连照相机镜片上的污点都不放过。那是现实主义，这一方法近来才被提升为艺术，一种只见树木不见森林的小艺术。那是虚假的自然主义，以为艺术不过是以自然的方式描绘一片自然而已。但真正的自然主义不是这样，它寻找生活中那些重要冲突的转折点，并乐于见到日常生活中所不能见到的东西。

多少有些令人遗憾的是，批评家后来对“自然主义”和“现实主义”的解释都与斯特林堡所做出的定义完全相反。他的要点不难理解。对斯特林堡而言，自然主义主要指一种对经验的态度，而这一态度决定了他的艺
109 术内容。戏剧创作的方法跟随着这一经验的性质。把这一筛选原则称为“自然主义”非常恰当，从而与它在哲学（而不是文学批评）领域里的用法一致。斯特林堡曾经写道：

> 自然主义者通过废除上帝而废除了犯罪感。

这一立场在他的早期作品中显而易见，也是他的悲剧不同于过去的主要原因。上面引用的那句话来自一段关于朱丽小姐为何是悲剧人物的解释：

> 她是一个由于母亲的“罪恶”而带来的家庭不和的受害者，也是时代的幻觉、生存环境以及她自己生理缺陷的受害者。所有这些东西加在一起，相当于过了时的命运或普遍法则。自然主义者通过废除上帝而废除了犯罪感，却无法废除那些行动的后果，如惩罚、监禁或对它的恐惧。这里的原因很简单。无论他是否被裁定无罪，

> 这些后果仍然存在。一个没有受过伤害的外人能够做到谦恭,一个受过伤害的伴侣做不到这一点。

所以说,不存在什么正义和外部法律,只有伤害与报复、揭露与仇恨这种平凡的人的争斗。正如斯特林堡接下来论述的那样,仅这一点就足以使人相互摧残;由于受到自身观念和错觉的驱使,人实际上还会毁灭自我。

虽然斯特林堡已经做出与外部的联系,但还有一种立场供他选择。例如,在《朱丽小姐》中,斯特林堡把毁灭性的激情与社会阶级的斗争联系了起来:

> 于是男仆让继续活着,而朱丽小姐却不愿意苟存。

他甚至暗示让属于更强壮、更高级的种类,我们应该这样去看待这种斗争:

> 不存在什么绝对的邪恶;一个家庭的瓦解意味着另一个家庭的好运,后者的地位因此而上升。

毫无疑问,这里的自然主义是被普及化了的那一种,它把生物进化与阶级和个人的斗争错误地类同起来。"适者生存"被转换为强者的胜利,甚至连暴力冲突也是为了普遍幸福。斯特林堡极力想保留这一思路,而且 110
做得很出色,但回过头来看,他的观点有些模棱两可:

> 朱丽小姐是一个现代人物。这不是因为仇恨男性的半女人在历史上没有存在过,而是因为她现在被发现了,并且挺身而出申述自己的观点。半女人属于勇往直前的那一类,就像她过去为了金钱

> 出卖身体一样,现在为了权力、称号、荣誉以及学位,她也出卖自己。这就导致蜕化。这不算优秀的种类,因为它不能持续很久。不幸的是它把自己的苦难传给下一代。不仅如此,蜕化的男人似乎下意识地在她们当中作选择,从而产生性别含糊的后代,生活对他们来说也只是折磨。幸运的是,这些女人活不长,要么因为她们缺乏与现实的协调,要么因为她们受到压抑的本能失去控制,要么因为她们想赶上男人的希望突然破灭。这一类人是悲剧性的,她们呈现的是与自然决死一战的绝望景观。另一个悲剧性的原因是,浪漫主义的遗传已经被自然主义驱散。后者的唯一愿望就是幸福,而只有强壮和优秀的种类才能得到幸福。

这幅肖像非常有力,它的分析也是社会性的。然而,斯特林堡没有能够在实践中坚持这一可供选择的观点。朱丽与让的恋情中的阶级因素固然重要,但活跃在它背后,或者说贯穿其始终的,是一个不同的理论模式。不仅让本人远不属于那段哲理性评语所说的"强壮和优秀的种类",而且,剧中的性行为要么是冷漠的(如克里斯蒂娜),要么是朱丽血液中带有暴力的狂热。这一想象中的普遍模式在那个本来也很重要的特殊情形中重复出现,几乎跟命运完全一样。男人和女人之间只有汲取,而它所引起的反应则是仇恨。这一旋律比在任何其他现代文学作品中都更加响亮。性激动的舞蹈又一次成了死亡之舞。

斯特林堡作为剧作家的魅力在于他对过程的强调:

> 使新一代人感兴趣的主要是心理过程;我们的好奇心不满足于只看到一件事情发生,它们必须知道它是如何发生的。

111 从这个意义上讲,斯特林堡是一个深谙动态心理学的杰出剧作家。他在纯技术方面具有非凡的创造性,即善于发现可以展现心理过程的新的动态形式。这种承诺的优点在任何情况下都是它的具体性,这种具体性表现为对现实的毁灭性关系的逼真描写。然而,与我们这个世纪的许多心理学理论一样,在斯特林堡作品的具体细节背后,实际上有一套非常强硬乃至死板的判断和假定。展示某种特殊关系具有毁灭性固然可以采用经验主义或动态心理学的方法,然而,当我们意识到这一关系产生于某种假定的普遍状况,它的效果最终会减弱。如果最终起主导作用的假定是虚无世界中个人的孤独,那么,任何人际关系都不可能得到展示,那些细节描写不过是点缀而已。按照那个定义,人际关系是毁灭性的。这不仅因为孤立的存在没有可能结合而只会相互碰撞和伤害,而且因为身体结合的短暂经验必定是毁灭性的。性爱或母婴关系也不例外,它们打破了作为个性全部内容的个人孤独,或者对它构成了威胁:

> 跟其他人类成员一样,我们像儿童一样在无意识的状态下生活,心中充满想象、憧憬和幻觉。然后我们醒来。是的,不过醒来时我们的脚站在枕头上,那位唤醒我们的人自己也是个梦游者……这仅仅是一次晨间小睡,做着狂野的梦,不会醒来。

这是《父亲》中的上尉在他婚姻破裂时的感受,但这段议论很有代表性。梦游者、做梦者和陌生人的世界成了斯特林堡后期作品的全部内容。对具体人际关系的描写被遗忘了,取而代之的是一种独特的意识。极度痛苦的人类斗争被彻底内心化了。其他人不过是私人苦难中的影像。

《到大马士革去》是为了结束这种苦难的一次探求。值得注意的是,这一探求的最终目标是死亡,其他任何目标都是无法想象的。然而,在一个没有上帝的世界里,这历来是

> 不需要死去的死亡——是那个古老自我的肉体苦行。 112

不仅所有经验都被看作毁灭性的（其他人以及过去所有的人际关系也结合在一起，构成一幅恐怖而倒霉的图案），而且这个自我还在经历痛苦时发生解体并最终异化。戏剧的中心人物是陌生人，他主要是自己的陌生人：

> **陌生人**：家中有人传说我是被偷换后留下的孩童……被仙女用来替换那个刚出生的孩子……那些仙女是不是仍然在等待拯救的不幸之辈的幽魂？如果是这样，我就是一个恶毒幽魂的孩子。我曾经以为自己通过一个女人已经临近拯救。然而，没有比这更大的错误了。我的悲剧是长不大，这是仙女孩子的遭遇……
>
> **女人**：我们应该试一试你能否再变成一个孩童……
>
> **陌生人**：我们得先做摇篮；这一回必须选用一个合适的小孩。

陌生人坚信是邪恶力量剥夺了他的身份，并将他遇到的所有人变得像自己一样具有犯罪感和侵略性。就连他追求自我认识，以及解放自我和他人的愿望，也被转化为毁灭性的行动。所有人际关系都成了毁灭性的。这当然与它们的本质有关，但更多地是因为那些原始的邪恶力量在起作用。陌生人渴望通过一个女人得到拯救，但这只能通过转移邪恶才能实现：

> 他身上的邪恶太强大；要让他解脱，你必须把邪恶从他身上抽取出来转移到你自身中。

这个意义深刻的性交意象，记载了最有活力的人类冲动所带来的毁灭。与此并行的是，陌生人想通过一个孩童的新生命获得拯救的希望也遭到毁灭：

> 什么最可爱，最聪明？第一个、唯一一个、最后一个给生活带来意义的生命。我也曾坐在铺满阳光的走廊里，上面的树枝刚冒出春天的绿叶，一顶小王冠罩在一个人的头上，一块白色的面纱像晨雾一样遮着一张脸庞——那不是人的脸庞。黑暗接着到来了。

这个极具感染力的意象所呈现的远远不只是特殊人际关系的细节，它触及到生命之根本并将它毁灭。这里的悖论是，对生活最强烈的爱、最急迫的欲望以及最清晰的审美知觉，反而能够产生这种终极的恐惧。不 113
仅作为探索者和解放者的人被缩减为盲目苦难和绝望搜索；人的生活本身也下滑至非人的水平，而后自愿陷入死亡。虽然这出戏以皈依和拯救结束，但它们并不带来人际关系和希望。当痛苦最后变得无法忍受时，平静的语句掩饰了一种简单的陷落。这不是一出关于人和宇宙或人和社会的悲剧，而是渗透到血液里的悲剧：它是超越人际关系而进入生命过程本身的终极的孤独悲剧。

斯特林堡《到大马士革去》之后的作品取得了由这一认识带来的稳定。这是一成不变的世界，其间充满着集体的、令人窒息的内疚。正如在《鬼魂奏鸣曲》中所描述的一样：

> **木乃伊**：上帝啊，但愿我们能够死去！但愿我们能够死去！
> **老人**：那你们为什么还待在一起？
> **木乃伊**：罪恶和内疚将我们捆在一起。我们无数次割断彼此的联系并各奔前程，但总是被拖回到一起。

每一次有人想豁出去说明真相，他都发现说明真相者也是同谋。那个学生最终意识到，除了死亡，没有什么解放可言。虽然他与年轻的小姐坐在星星一样的花朵下，但他心里明白，在这个充满罪恶与腐败的屋子

里,婚姻和美满生活是不可能的。小姑娘死去了,一切可以说的话还是欢迎死亡:

> 解放者来了。欢迎,你这个苍白而文雅的身子。睡吧,可爱的、不幸的、无辜的人,你不该承受那些苦难……睡一个没有梦的觉……你这个可怜的孩子,这个充满幻觉、内疚、苦难以及死亡的世界的孩子,这是一个万事无常而令人失望和痛苦的世界。愿天上的主一路给你恩惠。

恩惠最终是在死亡的历程之中。主是天上的主,而不是地下的主。一切生命都被与主的恩惠分离;只有回到死亡,主的恩惠才可能重新出现。当悲剧进入血液的时候,人道主义几乎已经消失。因为这种关于上帝的
114 看法正是人道主义所反对的中世纪后期的观念。它把上帝同他的造物分离开来,活着的人得不到上帝的关怀,他们在生活的过程中制造伤害和罪恶,他们的能量转化为狂热,欲望的泛滥转向自我毁灭,最后只有死亡来解脱他们。

这一模式在二十世纪文学中的存留我们怎么强调也不过分。它是一个典型的黑社会,那里没有上帝,或者说,上帝仅仅以缺席形式而存在;相反,邪恶和犯罪却司空见惯,它们不仅存在于具体的人际关系之中,而且是一种生命力量,一种最终在个人抱负和信仰之外得到承认的成分。只要这一模式仍然具有影响力,任何真实的毁灭性关系都可以被用来作为支持它的经验,而我们往往不会注意到对经验的解释和选择有意无意地受到对某种普遍真理的信念的指引。从表面上看,这类文学是以经验为依据的,而且相当多的时候带有自传性质或基于有记载的案例。但这样的根据必须与存在于那些作品中的典型的绝对因素放在一起考察,因为后者被认为具有实证乃至科学的特征,并支撑着一个主导性的普遍模式。这一情形经常发生在受到具体文化有力支持的情感

结构之中。所谓教条指的是相互没有关联的陈旧信仰的坏死组织。但真正的教条存在于被同化了的压力之中，它是塑造经验并将它概括为真理的习惯性的观察和行动方式。

斯特林堡对后人的影响可以从几个方面去追踪。受他影响较大的是从尤金·奥尼尔到田纳西·威廉斯的美国戏剧。在英国,最清楚的例子是约翰·奥斯本的作品,虽然和它缠夹在一起的还有一种表面上与自由主义传统关联的特殊社会情感。

奥尼尔与斯特林堡的关系是显而易见的。

> 我通过阅读他的剧本……第一次知道现代戏剧可以是什么……假如我的作品有任何长远的价值，那要归功于来自他的原初动力……

在为普洛温斯唐剧院工作的时候,奥尼尔称斯特林堡为 115

> 典型的灵魂冲突戏剧的最伟大解释者，正是这种冲突构成了我们当今生活的戏剧——和血液!

他在引述斯特林堡时还特别提到“激烈而残酷的斗争”这句话。

奥尼尔的早期作品采用了生动活泼的方言，这在现代戏剧中无疑是创举。但随着时间的推移，他越来越多地用它来传播一个假定的模式,《榆树下的欲望》和《奇异的插曲》尤其如此。事实上,他对这一模式的专心关注还左右了他在戏剧形式上的实验。他的戏剧的首要任务就是要把一种绝对的模式置放在轻松活泼的方言之中。

另一方面,奥尼尔的有趣经历与悲剧无疑还有更加直接的联系。他于1917年写道:

> 人的悲剧也许是关于他的唯一重要的事情。我的目的是使观众在离开剧院时情绪激动，他们目睹了他人在舞台上面对生活及其千难万险，不但不能征服它们，而且注定要被征服。这种挣扎赋予个人生活以意义。

这段话有可能被误读成常见的对后文艺复兴时期悲剧的看法，但奥尼尔接下来说：

> 人努力主导生活，并坚持认为自身以外的生活没有意义。他处处与生活发生冲突；虽然他不会成功，但他让生活适应自身需要的努力就是我所说的人是英雄这句话的意思。

这无疑是孤独者的悲剧，对他来说，“自身以外的生活没有意义”。把人的挣扎说成“主导生活”是向前进了一步。孤独的个人之所以相互碰撞和毁灭，不仅是因为他们的具体人际关系有问题，而且因为生活本身注定与他们格格不入。生命与生命的较量是一种欢乐，但在它背后是对死亡的渴望。

116 奥尼尔比斯特林堡更加明确地将家庭看作一个毁灭性的实体，这在《哀悼》和《通向夜晚的漫长一天》里尤其明显。《伟大之神布朗》中的儿子在悼念他父亲时说的一段话很有代表性：

> 我们相互是多么地陌生！当他死后躺在那里，他的面孔看上去这么熟悉，以至于使我诧异曾经在哪里见过他。除了在创造我的那一瞬间，之后，我们之间的敌意与日俱增，其中还隐藏着羞愧。

这里强调的不仅是天生的敌意和内疚，而且有死亡带来的认识。具有讽刺意味的是，我们只有通过死亡最终才能建立某种活的联系。原始的人际关系在经验中被彻底异化了，从中出现的自我是一个鬼魂。虽然它在一定的时刻会努力去接触生命，但它在痛苦中意识到非现实才是更大的现实。他们就是《通向夜晚的漫长一天》中的“雾中人”。埃德蒙在描绘置身雾中的感觉时说：

> 所有东西看上去和听上去都不像真的。那就是我想要的——独自一人在另外一个世界里，那里的真理不真，生活也可以将自己隐藏起来……雾和海似乎融为一体。这好像在海底行走，仿佛我很久以前就已经溺死；仿佛我是属于云雾的幽魂，而云雾则是大海的幽魂。甘心做一个幽魂中的幽魂比任何东西都让人平静。

他后来又说：

> 我出生做人是一个巨大的错误，假如是一只海鸥或一条鱼，我也许会更加成功。像现在这样，我将永远是一个陌生人，从来没有在家里的感觉，没有真正的需求，也没有真正的用处，更不可能有任何归属感，却始终对死亡有几分青睐。

《通向夜晚的漫长一天》是关于奥尼尔自己和他的家庭的故事，我们不难从中得出这种强烈的感情。具体的人际关系以及构成这些关系的个人的原型或许可以被视为不可避免地导致了这种意识。但在讨论真实
性的问题时，我们忽视了一个事实，即这一原型本身也是这种意识的产 117
物和某种证明。这说明了早先提到的经验主义的自我镜像。说到底，不是人际关系创造了意识。非常戏剧性的是，意识创造了人际关系。一部看上去像家庭剧的作品，实际是一出孤僻者的戏。

最能说清楚这一问题的是《哀悼》。奥尼尔说他在那里想做的是：

> 把近似于古希腊命运观的现代心理学注入这一剧作，受过教育的当代观众不再相信神灵或超自然报应，所以能够接受这种戏剧，并为之而感动。

这段话(包括其中对现代心理学的参照)具有重要的代表性。作品所呈现的主要内容不是一组毁灭性的人际关系，而是一个不再依赖于人以外任何信仰的命运模式。按照这一基本模式(即具有内在的自我毁灭性的家庭)，生活本身就是命运。关键的困难始终是，这一致命的模式接着被赋予具体细节，我们甚至可以从几条完全不同的路径来考虑和肯定它，如新英格兰清教主义、内战的后果等等。然而，无论从批评还是戏剧的角度看，这都是一种虚假的细节。重要的显然是，模式的生搬硬套会使得经验中原本活生生的一系列选择获得某种必然性。这一模式来自孤独者的意识，它又通过参照现代心理学和古希腊人被合理化。在从可能性到必然性、从真实的具体到人为的普遍这一相对稳定的进程中，我们应该把《哀悼》与《通向夜晚的漫长一天》区分开来，前一部作品的外部概括要素以古希腊为比照，后一部作品的概括确实是比较内在的，就此而言也更加感人。

在重写《奥瑞斯忒亚》的时候，奥尼尔用心理学替换了古希腊的戏剧行动。经常被人们忽略的一点是，这种心理学异常地僵化，它是潜在的和决定论式的，缺乏灵活性。到了最后，与其说人际关系是毁灭性的，倒不如说它们是错觉：

> **门农：**……作为你丈夫的我被杀，我似乎很怪，有问题——就像要
> 118 死的人从来没有活过。

由于这里的人际关系根本不真实，接下来发生通奸和乱伦行为的模式就显得很机械。其中的痛苦和阴差阳错产生于原始的虚无。唯一积极的

情感是那些死魂为了复活和唤醒他人而做出的努力。在这栋屋子和家庭里什么事也干不成；幸福岛屿的梦是关于一种完全不同的情形。然而，尽管作者精细地嫁接了弗洛伊德的模式，但这并不是心理学，而是形而上学。按照这一典型的孤独者哲学，生活除了遭受挫败和损失的痛苦，别无其他内容。这种典型的解决既不是古希腊式的，也不是弗洛伊德式的，它只是死亡的实现。因为上帝不会通过自杀或彻底退缩来自我惩罚：

> **拉维尼亚**：我是门农家族的最后一个成员。我必须惩罚自己。一个人活着在此与死者为伴，是比死亡或牢狱还要严厉的惩罚。我永远不再出门或者见任何人。我要把百叶窗钉死，这样阳光就永远不能进来。我要单独守着死者，保住他们的秘密，让他们来追逼我，一直到灾祸赎清，门农家族的最后成员可以死去。[得意地回想多年的自我折磨，脸上露出一种难以捉摸的残酷微笑]我知道他们想要我再活很长时间！门农家族必须因为出生而自我惩罚。

门农的对应人物最终不是阿伽门农，而是大写的人。

到了我们这个时代，“激烈而残酷的斗争”已经可以被假定为全部真理和正统观念，人们无须再焦虑地概括和争论。因此，我们得到的不是奥尼尔竭力想做的那种戏剧哲学家，而是只需通过个例进行简单演绎的剧作家。田纳西·威廉斯的作品就是这一情形最清楚的例子。他作品中的人物是独自追求、独自饮食和独自奋斗的孤独个人，他们拼命抵御爱情与死亡这对相关的原始能量。他们最令人满意的是动物状态，其余的都在人性的范围内，并且具有毁灭性。正是在意识、理想、憧憬和幻觉中，他们失去了自我，成为可怜的梦游者。人的处境之所以悲惨，是因为精神介入了性爱与死亡之间本来就是悲剧性的动物性斗争。因此，戏 119

剧的宗旨就是要越过这些精神幻觉而回到真实的原始节奏。就其字间意义而言这是热铁皮屋顶上的戏剧。节奏很强烈，但它们必须穿过时间，而时间

> 端着装有无数种麻醉药的医用托盘向我们冲来，即使它是在为我们准备肯定会致命的手术。

通过短暂的戏剧激情，这些节奏得到聚焦和关注。接着

> 认识和同情揪住了我们的心灵，使我们素不相识地聚集在那里的观众席的灰暗壳体一下子被充满几乎像温暖液体一样的人类同情，它不再受自我意识控制，任意作用于……

或者我们可以换一种说法。在《芭比娃娃》、《欲望号街车》以及《热铁皮屋顶上的猫》的世界里，那些孤独者的现实感(即凶猛的非个人节奏)可以得到及时又直接的传播。这使得他熟悉的唯一的人际联系“摆脱自我意识”，能够像一只有形体的猫那样跑动，也像液体融入一片汪洋：

> 一种我希望你们能够和我一起在作品中感受到的能量释放。

个人的悲剧开始于理想主义者的斗争，但它以凶猛的动物性斗争和毁灭而结束。一切被归结为性行为，人类理性在那种交流中惨遭失败；生命与死亡采取相同节律的那种行动，猛烈而残酷的斗争最终导致毁灭。
120 性行为是激烈而令人烦恼的生活斗争，它的结局是死亡。

三
社会悲剧与个人悲剧
托尔斯泰与劳伦斯

现代文学中最深刻的危机是把经验分为社会的和个人的两大范畴。时至今日,这已经不只是一个侧重点的问题,而是一种根深蒂固的划分。一方面,人们按此将经验对号入座;另一方面,依此划分的生活种类又以各自不同的活力生长。在理知层面上,人们借助完整而自信的意识形态工具就这一划分展开激战:个人主义的观点与集体主义的观点针锋相对,论战双方固执己见,剑拔弩张。从目前的事态发展来看,在个人现实和社会现实之间不明确表态,不坚持这一种或那一种观点的绝对终极性几乎是不负责任的表现。如果一个人没有把握住那个选择,他得到的是最令人羞愧的鄙视。他与现代经验一点也不合拍。

悲剧不可避免地受到这一划分的影响。一方面是社会悲剧:人被权力和饥荒毁灭;文明已经或正在毁灭自身;另一方面是个人悲剧:男人女人在他们最亲密的关系中经受苦难并且被毁灭;知晓自己命运的个人,身处冷酷无情的宇宙之中,在那里,死亡和最终的灵魂孤独是相同的苦难和英雄行为的不同形态。不论是以上哪种悲剧,我们似乎必须在其中做出选择。日常生活中的事实有时是相互关联的,但在创造想象世界的时候,我们被迫从那一支配性的现实开始。假如这一现实最终是个人的,文明的危机就是类似于心理失调和精神灾难的现象。假如这一现实最终是社会的,受挫的人际关系、毁灭性的孤独以及生存理由的丧失就成了一个正在腐败或瓦解的社会的症状和反映。这两种意识形态随时准备行动。对方的解释只不过是错误意识或强词夺理;基本现实在这里,或这里。

121 当这种划分达到一定深度的时候,人们只好非此即彼,加入某一阵营,直至一个新的突破出现。然而,这一划分本身是一个漫长的过程,其中有些阶段非常重要,我们有可能寻找最终的状况之外的某个时刻,来考察这一过程本身。在提供这一机会的所有作品中,最重要的是托尔斯泰的《安娜·卡列尼娜》和劳伦斯的《恋爱中的女人》。这两部杰作中都有一项重要的人际关系以悲剧告终，这里的死亡被小说的整体行动赋予了意义。这些人际关系中个人世界的真实性可以与其他任何小说媲美。然而，这两部小说中的悲剧性人际关系明显受制于结局完全不同的其他人际关系。虽然个人生活中导向生存和导致死亡的因素得到了细微的探索,但由于各种不同的人际关系的共同存在,悲剧性的人际关系已经被赋予了一个背景。在这一有限而重要的含义上,悲剧性的经验是被一个社会包围着的。

然而,这两部小说的内容不止这些。在阅读它们的时候,我们不可能感受不到来自其他经验和问题的压力。换句话说,我们不可能不看到彼此截然不同的生活方式，也不可能不思考劳动的性质及其与人的生活方式的联系,更不可能不思考某一特定文明的内在本质。小说的各种形式似乎都是为表现这些主题而设计的。

我们的确可以对那些我们所认为的小说中的次要成分加以压制或做出更加微妙的调整。托尔斯泰的作品沦为自传和说教,劳伦斯的作品成了说教和自传。或者,这两个人都没有能够实现他们探索生活的真正视角:由于受到自身立场的限制,看不到社会的全部,他们退而关注初始的内心行动,成为不彻底的批判现实主义者。接下来发生的还是那个不可回避的划分,因为我们是它的一部分。然而,即使在阅读这些小说的时候，我们对问题的思考难道真的做不到不以两分法为预定的目标吗?这些小说的内容难道不会就这种划分本身给我们带来启示吗?我们难道不能暂时不把个人经验和社会经验看成非此即彼,而把它们当作源于同一生活的行动吗?

> 读一读《安娜·卡列尼娜》——已经读过也不要紧,再读一遍。如果你敢不喜欢它,我就要诅咒了。 122

这句话出自劳伦斯相当早期(1909)的一封信。有大量的证据表明他对这本书的兴趣持续了很长时间。他曾经称之为“最伟大的小说”,但后来不仅不喜欢这本小说,还猛烈地抨击它,谴责托尔斯泰“在火焰上撒尿”。这一段历史非常重要。它不仅关系到文本之间的影响或批评观点的演变,而且能够揭示劳伦斯非常复杂的人生经历。

说到底,这是一个关于悲剧性质的问题。劳伦斯认为,莎士比亚和索福克勒斯与托尔斯泰和哈代一样,

> 他们都把大自然深奥莫测的可怕行动置于主人公的小行动背后,并把人的意识所把握和说明的小道德系统放在尚未被理解或无法被理解的超出人类意识的自然或生命本身的巨大道德之中。这两组作品的不同之处在于,莎士比亚和索福克勒斯作品中尚未被理解的大道德(或命运)经常受到侵犯,因而也经常做出惩罚;在托尔斯泰和哈代的作品中,经常受到侵犯的是人类小道德的机械体系,它很顽固,也对主人公做出惩罚。如果大道德只是被动地或消极地受到侵犯,它就仅仅被看作存在于背景或布景之中。它不起任何积极的作用,与主人公也没有直接的关系。

劳伦斯把这一差别看作

> 现代悲剧的缺点，因为对社会规则的侵犯在现代悲剧中带来毁灭，好像是社会规则酿成了我们不可挽回的命运。

对于安娜，就像对于哈代的悲剧女主人公一样，他提出疑问：

> 她们的立场为什么一定是悲剧性的？它会带来痛苦，这是毫无疑问的，但她们与上帝没有争吵，只是与社会格格不入。然而，男人稍有指责她们就吓坏了，虽然她们的灵魂自始至终是正义的。杀害她们的是男人的指责，而不是自己灵魂的指责或永恒上帝的指责。

因此，

> 123 她们的真正悲剧在于背叛了不成文的更大道德。安娜·卡列尼娜应该听从更大道德的指示，并且凭借更大的正义继续耐心地等待，直至她可以从社会得到自己所需要的东西；弗龙斯基也应该听从更大道德的指示使自己脱离现存的制度。他的使命是成为独立的个人，与安娜共同建立一个道德新群体。

劳伦斯饶有趣味的论述此时还没有明确的立场。他在最后一句话中说，假如那些当事人能够转变为个人，并建立起一个"新群体"，悲剧是可以避免的。与此相反，俄狄浦斯、哈姆莱特和麦克白充满了"真正旺盛的生命"，他们不可能向社会制度让步：

> 他们自愿或被迫对抗尚未被理解的自然道德力量，而这一尚未被理解的力量导致了他们的死亡。

他们一直抗争到最后，所以被夺去生命。然而，这一描述无疑非常含糊。

怎么是自然，而不是社会，毁灭了那些拒绝放弃真正旺盛生命的英雄？劳伦斯从“自然道德”跳跃至“自然或生活本身的道德”，从而避开了这个问题。[①]在“巨大”和“无法被理解的”这些空泛的修辞背后是那个被他遗漏掉的关键问题：真正旺盛的生命为什么必然会被“生活本身的道德”所毁灭？这一点对我们稍后的讨论很重要。在此之前，我们不妨先来关注一下那条预先安排的既全面肯定个人生活，又无须造成悲剧的逃避路线。

这当然不一定是对生活本身的逃避，而是对他自己理论逻辑的逃避。劳伦斯用来描述安娜和弗龙斯基应该如何行动的语言几乎就是对《查特莱夫人的情人》的描述，因此，这部小说可以被看作是对《安娜·卡列尼娜》有意识的回应。一个女人与丈夫分手，因为他对他的妻子和自己来说都已经僵死。分手以后，她在自己和另一个人身上找到生命。这一新的生活道德与社会发生了抵触。在书的结尾，新群体似乎很快可以建立起来。

这是一个有趣的例子，但我们现在必须注意的是，当劳伦斯选择另 124
一种行动的时候，他实际上吸收了《安娜·卡列尼娜》的基本道德观念。这一事实与他长期对托尔斯泰作品的误读形成鲜明的对照。这一误读很值得我们重视，因为它基于劳伦斯所赞同的二十世纪正统思想关于“个人”与“社会”的错误看法。我们已经看到他对被“社会规则”和“男人的指责”所毁灭的安娜的描述。他还在别的地方把弗龙斯基的毁灭说成是托尔斯泰的“变态乐趣”，因为后者“非常卑鄙地嫉妒那位健康而充满激情的男性”。此外，

> 作为一个变态的说教者，托尔斯泰意识到自身某种微妙的缺

① 我们几乎可以肯定，劳伦斯是从尼采那里借用了这一论述方法。由于该方法产生于另一个传统，所以与他对变化和再生的信仰很不协调。

> 陷，因而竭力诋毁和贬低生命的多姿多彩。谁能够想象出任何伟大的艺术家会把社会对安娜和弗龙斯基的庸俗责备看成上帝的惩罚！抛弃弗龙斯基和安娜的社会现在在哪里？它在哪里？它的责备今天还有何价值？

这里的模式还是一样：是社会毁灭了他们。然而，劳伦斯实际上是故意那样解读《安娜·卡列尼娜》的。他无视文本的依据，为的是避开某些内容，从而不破坏他自己的道德说教。我们必须在此补充一点，劳伦斯只是在进行文学批评和道德说教的时候才做出这样的误读。在他的小说创作中，他记住了托尔斯泰的作品，因而对这一问题持有完全不同的看法。

《安娜·卡列尼娜》的真实行动是什么？有两种常见的错误使我们不能够看清这一问题。首先，小说中个别人物被从整体的行动中抽离出来，好像安娜的悲剧不需要从她与卡列宁和弗龙斯基的真实关系上去考虑，也不需要参照他们生活在其中的丰富多彩的社会。其次，安娜—卡列宁—弗龙斯基的故事被从小说的整体中抽离出来，而它只占实际叙事的一半不到。把列文以及列文与基蒂、斯季瓦与多莉的婚姻排除在外的做法从根本上篡改了小说的原貌。有人辩解说，安娜和弗龙斯基的关系才是真正的故事。列文的故事虽然占据很大篇幅，但它不过是托尔斯泰无可救药的自传嗜好的结果；他不得不记载自己关于劳动和信仰
125 的不着边际的观察，但书中的真正故事只与那些恋人有关。这无疑是时髦的“个人关系”的教条。受迫于来自我们这个社会强大而无形的压力，这一教条把若干种类的人际关系从社会、劳动、信仰等其他人类关系中抽离出来。我们有必要在此重复《安娜·卡列尼娜》中一个显而易见的事实：该书是一个整体结构，其中的各种成分紧密相连。真正体现托尔斯泰道德观念的是这个复杂结构（而不是劳伦斯从中抽离的某一成分）。要找到这一结构的例证，把安娜和弗龙斯基的故事孤立起来的评论家

不妨考察一下小说第五部分的那几个章节。列文与基蒂在那里结婚，安娜和弗龙斯基接着去意大利度蜜月，然后是列文和基蒂安家落户，挺过他们新婚后的困难时期，最后是尼古拉去世以及基蒂发现自己怀孕。这些不是主要情节和次要情节或两个独立故事的相互交叉，而是一个整体的复杂安排的再现。

劳伦斯的解释中一个令人信服的地方当然是安娜在遇到弗龙斯基以后有了生活的激情。同样令人信服的是，托尔斯泰如此写作的事实反驳了说他只不过表现了一种传统道德观念的批评，因为这一经验通常受到恶意的压制。尽管如此，托尔斯泰至少是一个与劳伦斯不同的道德说教者，他看到的是所有人生活中的激情或激情的毁灭。并不是只有一部分人可以被称做个人，而其余的被当作"社会"加以排斥。拒绝卡列宁当然是安娜新的生活本能的一部分，但如果把卡列宁简单解释为"僵死的"，这就被看得过分粗俗了。（克利弗德·查特莱生理死亡的粗俗意象在此具有重要的相关性。）虽然托尔斯泰把卡列宁塑造为一个令人难忘的躲避爱情的人物，但他所关注的是整体经验，而不是孤立的道德行动中的个人。在卡列宁的整个成年生活中，他一直惧怕任何形式的感情流露，因为他跟许多人一样担心敞开心扉会遭到伤害。有一次，也只有一次，这一恐惧感被当时的焦虑所压倒：安娜因为怀上弗龙斯基的孩子似乎即刻要自取生命，她向卡列宁苦苦哀求，发誓要拒绝弗龙斯基： 126

> 在我身上还有另外一个女人。我害怕她：她爱那个男人。我曾经想恨你，也忘不掉过去的她。现在我不是那个女人了。现在我是真正的自我，全部是我自己。

此刻，安娜在痛苦和恐惧中承受着自己的爱情带来的后果，并（在没有外部压力的情况下）决定放弃它。卡列宁做出了回应，愿意接受她和孩子，但安娜清醒过来，又回到原来的立场。卡列宁的性格特征于是得到了确认:他在感情面前“退让”了,并因此受到伤害。他从此每况愈下的结局丝毫不让人感到意外。这里的要点不在于安娜对新生活本能的追求遭到否定,而是托尔斯泰这位伟大的小说家拒绝塑造不真实的“有激情”和“僵死的”人物。他感兴趣的反而是爱情与仇恨遭到肯定或拒绝的真实过程。托尔斯泰不想就“有激情”和“僵死的”人物做出诸如前者的弱点应该得到宽恕、后者应该不断受到谴责的论断。他让我们从所有的角度去轮流考察这一情形,表现出了非凡的创造力和道德力量。他作品中的生死观比劳伦斯的解释要复杂得多。

然而，这里真正的关键因素是弗龙斯基这个人物。是他唤醒了安娜，但我们必须看到，唤醒一个人与共同生活到底是完全不同的两码事。既然劳伦斯提起过托尔斯泰从弗龙斯基的遭遇中获得变态的快乐，我们必须问他是否受到自己关于男子气的言辞的影响。这里的问题很简单:作为一个人,弗龙斯基是否能够对自己在安娜身上燃起的爱情负责?弗龙斯基的第一次出场正是他与基蒂发生关系的时候,他显然无意保持任何长久的关系。回过头来看,安娜临死之前说的那番话准确地描绘了她与这个男人的关系:

> 我们朝着对方越走越近直至结合，但后来却不可挽回地疏远起来。没有什么办法能够改变这一状况。他说我嫉妒得太过分,我也告诫自己嫉妒得太过分;不过事实并非这样。我不是嫉妒,而是
> 127 不满足。

弗龙斯基的品行是显而易见的。随着他与安娜关系的发展,我们清楚地看到他的生活内容非常单一和有限，根本没有可以长久保持激情的空间。这里,我们很容易像劳伦斯那样被“男子气”这一过于简单的概念引入误区。托尔斯泰在小说中提出这一问题,而且是通过弗龙斯基本人对一位外国王子的反省:一个男人的价值是否大于一身健康的肌肉?更能

说明这一立场的是弗龙斯基与列文之间的对比。这一对比贯穿小说的始终,而且是托尔斯泰的主题之一;相比之下,列文毫无疑问是更加强壮的男人。列文(还有托尔斯泰)曾经像弗龙斯基那样生活过,但他从中汲取教训,超越了那个阶段。

在一个高度文明的社会里,人们当然很容易被“动物般的活力”这样的表达冲昏头脑。但是,正如劳伦斯有时也承认,这是一个编造出来的谎言。因为人的强悍必须包括温柔的保护以及热情而持久的关怀,这是人类处境的生理需要。大多数男人能够让女人生育,但真正可以当父亲的就没有这么多了。另一个原因也与此相关。激情容易激发而不容易满足。纯粹发泄欲望不仅会毁灭被利用了的女人,而且会毁灭利用了自己的男人。人的能量如果得不到回报,就会返回自身和走向死亡。如果没有人际关系,活力可能只是毁灭性的。这是弗龙斯基和安娜的故事的主要部分。无论在乡下,还是在莫斯科,她都被拒绝在社交界之外。他多次丢下她不管,去玩弄政治或旁观亚什温赌博。在安娜死去的那一天,她多次向弗龙斯基发出绝望的恳求,他的答复始终非常冷酷。这不是一时的疏忽,而是一个片面而狠心之人的典型举动。具有讽刺意味的是,这种有效的举动曾经帮助弗龙斯基攻破安娜的冷漠。有一个事实很能说明问题。劳伦斯的《查特莱夫人的情人》是上述情形的再演,但他塑造出来的梅勒斯不是弗龙斯基,而是列文。梅勒斯强悍而活泼,但也非常温柔。有趣的是,他与自然世界的亲密而谦恭的联系是托尔斯泰在列文身上看到的身心健康的前提。作为小说家的劳伦斯最终纠正了作为批
评家的劳伦斯。 128

尽管如此,托尔斯泰是否想通过安娜的死来谴责性爱?应该承认,托尔斯泰远比劳伦斯更加强调原始人际关系的社会后果;与劳伦斯不同的是,他把所有的小说都置于真实的社会之中,因而一定会观察到它们所呈现的现实:一个不可能以清教主义和灰色北方的简单公式加以排斥的真实而长久的人际关系网络。安娜面对的社会传统确实肤浅和

虚伪，然而，即使在一个人们可以轻易地离婚，而且像安娜这样的人不会受到指责和冷落的社会里，人类的困境从本质上讲依然存在。在任何社会里，人总会繁衍后代。在任何法律之下，如果人际关系出了错，免不了会带来沮丧和仇恨。虽然安娜所处的社会加深了她的痛苦，但她的悲剧更多是源于一组特殊的人际关系。（我们当代社会也是如此，陈旧的性行为规则和传统几乎已经被摈弃，但还是有男人和女人在爱情的绝望中轻生。）

导致安娜悲剧的直接原因是，她离开一个有缺陷的男人是为了得到另一个有缺陷的男人。但是，与卡列宁的缺点一起生活的是一个没有觉醒的女人；与弗龙斯基的缺点一起生活的是一个被点燃激情，而且把满足这种激情看作自己未来生活之中心的女人。安娜成长的最后阶段的意义在于，她必须充分实现自己的情感。生活于有限的承诺之中曾经是可以忍受的，但她摆脱了那种状况，虽然她那时候还不成熟。在没有感受到对卡列宁的有限承诺以外的压力时，她好像已经成熟；然而，一旦她的能量被全部释放，她就变得不成熟了。有几件事情在小说中没有足够的交代，其中之一是安娜当初对自己与卡列宁的婚姻的态度（浪漫小说和反浪漫小说都忽略这一点）。尽管如此，我们至少可以清楚地看到，她从没有恋爱过的姑娘一下子变成妻子和母亲。从妻子和母亲的角色里挣脱出来的是恋爱中的姑娘，但她现在的处境比年轻时复杂得多。这一感情的喷涌是由弗龙斯基引起的，而且也是以他为对象的，但这并非故事的全部。我们还能够从她对弗龙斯基的态度中察觉到那种青少年状态，有一股仿佛势不可挡的情感在那里冲撞着自身的对象，而不是
129 去适应它。如果这个对象有缺陷，或者与那种真实的情感力量不相吻合，后果可能是灾难性的，即使这里牵涉到的是一个年轻姑娘。但安娜已经不是一个年轻姑娘了；她还是一个深感内疚的妻子和母亲。这些情感综合起来非常可怕。就像她在圣彼得堡的几位朋友那样，一般已婚女子的婚外恋情通常只是有限的介入；它之所以能够秘密发生恰恰因为

它是秘密的。我们在她哥哥斯季瓦身上也看到这样的情形。他在许多方面跟她很像，却没有受到伤害，因为他基本上从未做出任何承诺。安娜使这个社会枯燥乏味的生活相形见绌，但枯燥乏味的生活经常是对弱者和那些不成熟的人的一种保护。斯季瓦凭借他“杏仁油般的微笑”避开困境。安娜在表达那份迟到的感情时不允许有任何保留，也不考虑自身的安全。她能否存活有赖于她为之献身的男人的品质。任何不完美都不可想象；她的要求几乎是绝对的。甚至连她的死亡也是一个报复性的举动，为的是使弗龙斯基更加爱她。这一（同类自杀案件中常见的）悲剧性错误分不清什么是完美和幼稚，从而毁灭了脆弱的安娜。

托尔斯泰就是在这里把对单一人际关系的描述扩展至对一组人际关系乃至整个社会的描述。因为这不仅仅是传统社会虚伪而乏味的生活与主要人际关系之间的对比，它还是一个劳动社会的要求与培养整体关系的过程之间的对比。列文的故事讲述自我实现，讲述一个人如何奉献自我并承担全部责任。需要指出的是，这是一个缓慢的成长过程。列文从他兄长的死亡以及基蒂的关怀中学到很多东西；他也从自己的工作以及搞好与他人的工作关系的努力中学到很多东西。列文这种丰富多彩的生活与弗龙斯基、卡列宁以及斯季瓦各自不同的单调生活形成鲜明的对照。虽然这些人物对爱情的态度各不相同，但他们都有欠缺，因而影响到他们对工作和其他人的态度。对弗龙斯基来说，爱情就像一位军官的生活；它充满活力和自信，最终敢于刺刀见红。对卡列宁这个政府官员来说，爱情是社会制度的一个方面，它只能从婚姻的社会角度去理解。对斯季瓦这个投机取巧的商人来说，爱情是个人事务中的清醒谈判和斗智斗勇。与此相反，列文学会了在单一过程中拒绝上述那 130
些人种种的社会和爱情。当他把在莫斯科随意花费的一百卢布转换为农民在田里的劳动时，他的价值观在一定意义上既反对上流社会的传统，也反对公然藐视的简单态度。在学习这种与所有生命的联系时，他也学到了比地位或个人荣誉更加重要的东西。这一整体的关怀比安娜所能体验的任何情感都要成熟。也正是在这种心态之下,列文对他妻子基蒂和他们的儿子的爱与日俱增。弗龙斯基最后想跟安娜结婚并获得农庄的股份,但他提出的条件太奢侈、太苛刻。安娜不想要这个婚姻和弗龙斯基的孩子,但她需要已经从弗龙斯基身上消失了的激情。出于不同的原因,他们俩都没有能够进入一个有意义的社会,因而得不到一种有意义的男女关系。

通过人物的对比以及他们的悲欢离合，我们从这一整体行动中真正学到的是托尔斯泰的整体生活观。在这样的经验中,常见的"个人关系"与"社会关系"的抽象划分不再成立,从而回到真实状态。在这里,个人生活的质量被认为与整体生活方式的质量相互关联。整体生活方式不是被称做"社会"的单一事物,而是许多人生产和浪费、结识和背叛朋友、说谎和讲真话的复杂活动。所谓的社会并不决定人际关系;人可以学会超越制度上的缺陷。社会剥削、玩忽职守、放纵欲望和玩世不恭当然会引起社会和政治后果,但这些行为也能够教育人们怎样把握情感。情感又会反过来影响行为,从而在最个人的经验中表现出来。在某一方面进步意味着在所有方面开始进步；每一次挫折和每一个弱点都会融入生活的河流。因此,这不仅是张三的成长、李四的萎缩,而且是发生在同一个人身上的成长和萎缩、优点和缺陷、接受和拒绝,安娜的情况就是这样。悲剧就存在于这种既非自我实现又非消极退缩的状况之中。这是托尔斯泰所有优秀作品的活动领域，能够和他一起生活在那里的作家屈指可数。具有讽刺意义的是,劳伦斯关注的正是这一领域。相比之
131 下,他的感染力显得逊色,至少他花费的时间少了许多(他去世时候的年龄与托尔斯泰开始写《安娜·卡列尼娜》时的年龄恰好一样)。在那么多作家中,偏偏是劳伦斯成了为托尔斯泰辩护的反面例证,这既具有讽刺意义,又非常耐人寻味。

我早先说过，作为作家的劳伦斯曾经在一部重要作品中纠正了作为批评家的劳伦斯。我们现在必须考察一个同样重要的意象传承的例

子。托尔斯泰作品中有一个意象劳伦斯特别欣赏，并且把它用于《恋爱中的女人》。此时安娜已经初次把自己献给弗龙斯基。在向卡列宁坦白私情之前，她去观看一场赛马。这一重要场景最有效地体现了弗龙斯基的性格。弗龙斯基在比赛中杀死了自己驾驭的母马，这一行为所传达的感情强度及妥当性恰到好处，因为它既表现了这个男人能够带来的活力和刺激，又暴露出他“冷漠的一面”（为了赢得比赛，他不惜杀害听从他使唤的生命）。我相信这个意象在劳伦斯的创作生涯中起到重要的作用。它引发了许多新的意象，《虹》的结尾处厄秀拉与马的会面，以及《圣人莫尔》中那些极具感染力的意象就是其中的例子。然而，对这一意象最直接的挪用出现在《恋爱中的女人》之中，作者在那里表达的感情和观点与托尔斯泰非常相近。在厄秀拉和古德伦的注视下，杰拉德按着他骑的母马站在交叉路口，一辆列车正在驶过（这可能是另一个下意识地来自《安娜·卡列尼娜》小说世界的意象）。那匹母马惊恐万分，但它的主人却为能够征服它而感到自豪。像这样强行支配另一个生命既冷漠，又令人刺激。杰拉德和古德伦的未来在这里得到揭示，就像弗龙斯基和安娜的前途在托尔斯泰的场景中得到揭示一样。

这一特殊的联系让我们想起《安娜·卡列尼娜》与《恋爱中的女人》之间的某些相似之处。这两部作品有意识地将以冷酷和死亡告终的人际关系与不断成长以适应生活的那种人际关系进行对比。它们也都看到特殊人际关系与整体生活之间的本质联系。杰拉德的意愿和控制欲与他作为矿主的社会地位明显有关联，他的产业家哲学是要掌控和利
用一切自然和人类资源。[①]当他的死亡到来的时候，这被认为不仅是个 132
人的事情，也是某种整体生活方式的冷酷死亡。

① 我觉得劳伦斯在刻画杰拉德的父亲托马斯·克里奇这个人物时对托尔斯泰的作品有所参照。托马斯相信“他通过上帝与他的工人合为一体。不仅如此，他觉得不如他们，好像贫穷和劳动使他们比他更加靠近上帝”。劳伦斯关于托马斯感情失败和崩溃的暗示具有重要意义。他至少大体上是正确的：托马斯一定会失败。

这两部作品的相似之处固然重要，但如果我们还记得早先讨论的将事物划分为“社会的”和“个人的”那个过程，它们之间的差异就更加具有启发意义。劳伦斯毕生强调本质联系和整体生活，这一点非常重要。与其他假定这一划分的作家相比，他更能够让我们看清是什么压力致使一种重要意识发生了崩溃。

《恋爱中的女人》这部小说的核心之处伯金的一段自我反省确实清楚地说明了这一崩溃的过程：

> 几千年以前，他生活中即将出现的事情一定在这些非洲人身上发生了：善良、圣洁、创造生命的欲望以及对劳动之幸福的追求一定泯灭了，留下的只有对知识的单一冲动，即通过感官盲目地积累知识。这种知识停留在感官阶段，是支离破碎的神秘知识。……我们失去了与生命和希望的联系，我们离开了纯粹的整体存在，离开了创造和自由。我们陷入了非洲纯粹感官知解的漫长过程，那是关于解体之奥秘的知识。……白色人种的处理方法将会不同。背靠北极辽阔的冰天雪地，白色人种将完成摧冰化雪的奥秘。

这清楚地表明小说正朝着杰拉德死亡的悲剧方向发展。然而，从其整体行动来看，这段话的意义非常模棱两可。这里被用来描述悲剧发生之前状况的那些词语仿佛出自托尔斯泰的笔下：

> 善良、圣洁、创造生命的欲望以及对劳动之幸福的追求。

133 这是托尔斯泰作品中的反向运动：基蒂和列文相互恩爱；在田间自然劳动以及与他人的关系中找到意义。但在劳伦斯的作品中，它只是作为一个语句和一种记忆而存在（这在《虹》的前几个章节里尤其明显）。劳伦斯所呈现的反向运动是另外一种：

> 还有一条道路,即自由的道路。这是进入纯粹个体存在的天堂之门。个人的灵魂比爱情和结合的欲望更加重要,它也比任何情感都要强烈。这是一种自由而骄傲的独立状态,它接受与别人永久相联所带来的义务,也服从来自对方的爱情束缚。但即便在关怀和服从的时候,它也从不放弃自己骄傲的独立状态。

获取停留在感性层次的“支离破碎的神秘知识”是杰拉德和古德伦选择的道路,而在这一条路上走得最远的是洛克。厄秀拉和伯金所选择的道路被用来作为它的对照。厄秀拉不同意洛克和古德伦对艺术的看法。她坚持艺术与生活之间的联系,反对把艺术归结为独立存在的知觉。通过他们自己的关系,厄秀拉和伯金学会了

> 两极化的完美二重性,其中任何一方都不受另一方的污染。对任何一方来说,个性是首要的,性是次要的,但两者又相辅相成。双方都各有其独立的存在,遵循自身的规律。男人有自己彻底的自由,女人也一样。双方都接受完美的两极化性别模式,也承认对方不同于自己的天性。

然而,在重复这些词语的时候,我们知道劳伦斯关于生与死的对比已经有了重要的变化。“善良、圣洁、创造生命的欲望以及对劳动之幸福的追求”与“完美的两极化性别模式”是大相径庭的概念。这里的机械意象耐人寻味。还应该指出的是,我们所知的厄秀拉和伯金的关系与古德伦和杰拉德的关系没有多大差别,因而不足以反衬古德伦的所谓“不育的悲剧”。虽然厄秀拉和伯金更加相互关怀和尊重,但他们与古德伦和杰拉德一样,使个人的关系脱离了“创造生命的欲望以及对劳动之幸福的追求”。就他们的退缩和逃避行动而言,这无疑是脱离社会,但问题不止于 134

此。这种脱离社会的举动可能会得到广泛的支持,从而强化个人生活与僵死无用的环境之间的正统划分。从这个意义上讲,古德伦和杰拉德也拒绝社会,他们相互之间发生了什么与此无关。就那个总体倾向而言,小说中不存在任何分歧。

但我们必须看到,在拒绝僵死社会的公式背后有一个更加重要的倾向正在形成。这一倾向否定直接个人关系中的整体内容,因而最终否定人性本身。厄秀拉对家庭观念持否定态度,认为人不应该这样生活。她的后盾来自常见的对封闭式家庭生活的批评,所以让人觉得这一否定主要是社会性的。然而,她的否定其实是依据一种“骄傲的独身状态”。这样一来,她实际否定的是超过在单独一代人中之关系的一切个人生活。劳伦斯在他后期的所有作品中反复把个人生活的定义局限在一代人之内,并得到许多人的效仿。厄秀拉和古德伦一致认为父母的存在疏远而没有意义。这种口吻在描写任何一代人的时候很容易发生,但这在《恋爱中的女人》里却令人震惊,因为我们已经通过《虹》熟悉了这些活生生的父母和他们的家的形象;他们地位的简化不合情理。劳伦斯当时正在倡导小说创作方法的变革,从而也介入和促成了这样的简化。为了坚持骄傲的独身状态,其他人的真实性必须被削减。遭到拒绝的还不止那个“老家”;所有的家都被抛弃了。这是拒绝孩子的有效方案的一部分,他们在“完美的两极化性别模式”中显然没有位置。从这个意义上讲,那种两极化性别模式是单一和静止的。产生于两个身体的孩子会将它打破,任何可以被称做生命创造的东西都会将它打破,因为在“骄傲的独身状态”之外还会有一个新的生命。孩子是人,也是人际关系的体现。我们不可以主观地将他局限于某一家庭。那是每个人都想尽快挣脱的社会状况。

135 与杰拉德和古德伦“只有对知识的单一冲动”相反,劳伦斯所达到的冲动也同样单一,尽管它被说成更加具有人性。他对个性的定义中那个修饰性短语(“建立与他人永久关系的义务”)根本不可能得到实现或体验。与杰拉德、古德伦和洛克一样,厄秀拉和伯金有效拒绝了社会世代或个人世代之间的延续,尽管不那么骇人听闻。伯金的不同之处在于,他坚持认为与厄秀拉的个人关系有“欠缺”,希望得到更多,但他在小说中被证明对此无能为力。

如果我们意识到这一点,悲剧的形式就完全改变了。无论乍看上去多么相似,《恋爱中的女人》与《安娜·卡列尼娜》有着根本的区别。这不是一部依靠人物对比的悲剧,尽管它从表面上看是如此。它是一部以不同形式出现的单一行动的悲剧。杰拉德在一次“摧冰化雪”的行动中死去,但古德伦和洛克不仅存活了下来(“兽性有何不好?”),而且被看好能够存活。古德伦这样说:

> 对这个世界唯一要做的事就是把它看透。

厄秀拉和伯金希望超越这一简化,超越这个支离破碎的状况,因而陷入了最悲惨的境地。他们想跳出被认为“如此人性”的境界。在论及托尔斯泰和哈代时,劳伦斯曾经把悲剧定义为“非人类的奥秘”。伯金在杰拉德临终前接受了这一看法:

> 如果人不能创造性地改变和发展,这一奥秘可以将他废除。

这句话回应了《恋爱中的女人》的一个基本主题:人是一个错误;没有他,世界更好。[①]与在托尔斯泰的作品里不一样,自然在这里不是一个供人类劳动和学习的天地。它是人类以外的另一种存在。此外,这种分离

① 劳伦斯毕竟与威尔斯和萧伯纳是同一个世界的产物。那时候的人往往把对现实生活的绝望合理化和神秘化为“超越人类的演变”。从这一概念延伸出来的进步和退化公式除了应该对照起来看,还应该联系起来看。虽然他们各自企图独占我们的注意力,但它们之间的争斗是次要的,有时甚至是虚假的。

很彻底。它是让你避开人间烦恼而隐居的树林。它是一个游玩和娱乐的
136 场所,它的生命形式是花蕾,而不是孩子。任何超越了纯存在的单一性的人类成分都属于"旧的影子世界"。最后剩下的关系只存在于单独的个人与非人类的奥秘之间。

这样的悲剧有足够的真实性。它不仅是杰拉德的死亡,而且是冰雪之中或阳光之下的死亡。它是一个人种的灭亡,一个世界的灭亡。毫无疑问,这已经成为我们这个世纪一种主要的创作经验。在讨论《恋爱中的女人》的时候,我们最好承认它的逻辑,看到它走向普遍死亡的倾向。如果把它作为生命和健康的标准,我们肯定是在欺骗自己。它不是一种对文明的判断,而是一种对生活的判断。伯金临终前表现出的"对生活的新的诚信"是从死亡中获得的教训。这是一个非常古老的悲剧模式。

我们前面提到,劳伦斯的悲剧定义中存在关键性的歧义。现在让我们回到这一问题上来。他不同意托尔斯泰关于悲剧必然性的观点。只要拒绝"社会存在"的要求而成为新型的个人,人就可以活下去。然而,如果他们充满"真正旺盛的生命",他们实际迈向了死亡。这不是因为某种社会的价值判断,而是因为那种"生命自身的道德"。在我看来,这不是劳伦斯在理论上的混乱,而是他经验深处的极度不确定性。《恋爱中的女人》与《查特莱夫人的情人》之间的差别在这里很能说明问题。在后一本书中,劳伦斯对工业文明已经死亡的感觉似乎更加强烈。虽然梅勒斯和康尼还没有完全从"社会存在"成长为负责任的个体,但这一成长过程确实比在伯金和厄秀拉身上表现得更加清楚。梅勒斯最后想到的是通过恩爱关系点燃生命的火焰,他还想到保持这种热情的巨大困难(他必须在这个僵死的社会里工作并照料康尼和他们的孩子)。与此相反,伯金认为只有超越人类才能获得生活的热情,要保持这种热情有赖于远离人群和远离社会。梅勒斯的结局在时间上稍后,这一点很重要,但劳伦斯显然没能就这个最终的问题得出结论。他受到来自两方面的压力,也不断在寻找正确和清晰的答案。然而,在《恋爱中的女人》的结尾,

生命的火焰几乎熄灭。虽然劳伦斯在最后一刻还在努力作一些保留,但 137
悲剧性的崩溃终究来临。意识的破裂已经发生,它永远不可能完全恢复。

我把这称为破裂,而不是发现。我认为这样做很重要,因为有许多迹象表明我们现在依靠的是一种分裂的意识。这是一种与社会的分离,但它不仅拒绝和背离一个糟糕的社会,而且有一个更深层次的意义,即劳伦斯甚至不去反对他所反对的东西。虽然他熟悉这种折磨,而且将它描写为不可避免的普遍存在,但他还是不愿意以任何积极的方式进入那个层面。

如果我们相信社会行动具有意义,我们就可以说这番话。等待我们的当然是简单化的谴责,把我们说成政客、社会学者或兜售陈旧社会梦想的幼稚商贩。然而,我们有必要指出,就我们的理解而言,这一深层的破裂具有同等的个人意义和社会意义。脱离社会就会不可避免地脱离个人。这是试图创造没有任何人际关系的单独个人的努力。来自人际关系(不仅是家庭内部的正式关系,而且包括任何人,尤其是男女之间的关系)的所有个性成分最终都在自我实现的名义下被压制。在这一危机的极限之处,劳伦斯不但拒绝反对自己所反对的东西,而且拒绝肯定自己所肯定的东西。在这些张力之下,唯一可能的就是死亡。具有讽刺意味的是,这是一种追求生命的死亡。劳伦斯勇敢地跟踪了这一过程,但只有承认实际得出的结论才是有意义的尊敬。有些人继承了这种悲剧性解体的范畴,并试图把它们当作正常现象来建构。事实上,它们不过是陈腐的正统观念。劳伦斯一个相反的优点在于他向我们展示了这种解体的过程,其中的感情虽然十分强烈,但很少陷入歇斯底里的状态。

然而,在做出社会与个人的终极划分时,我们必须知道嘴上叫喊相信社会或相信个人都于事无补。真正发生的情况是人们对两者都失去了信仰。用我们的话来说,人们失去了对男人和女人生活在其中的整体生命经
验的信仰。这无疑是我们这个世纪最深刻而具有代表性的悲剧形式。 138

四

悲剧性困境与僵局

契诃夫、皮兰德娄、尤内斯库、贝克特

安东·契诃夫继承并实践了十九世纪现实主义的主要传统。然而，我们也可以从他的作品中找到二十世纪一个重要传统的起源。在这一新的传统中，现实主义几乎被彻底否定。要理解这一矛盾现象，我们必须仔细考察这一现实主义的性质以及它与当时社会的真实发展之间的重要联系。

十九世纪现实主义的前提实际上是对一个整体世界的假定。现实主义的大师们认为公共事务与个人事务或公共经验与个人经验没有本质的区别。回过头来看，他们似乎硬要把互不相干的事情扯在一起，但事实不是如此。确切地说，那种解释世界的方法允许人们通过个别男人和女人的品质来体验整体生活方式的品质。这样一来，个人的崩溃就是真正的社会事实，而社会的崩溃也在个人的直接经验活动中得到体验和认识。此外，以崩溃来说明延续性这一做法本身标志着一个非常深刻的变化。契诃夫是描写崩溃的现实主义作家，但他看问题的角度是相当整体的。

这种解释世界的方法不是主观意愿，而是时代的规定。当然，作为一种解释世界的普通方法，它一旦崩溃，就显得幼稚。因此，要在艺术创作中保留整体的方法几乎总会遇到矛盾。过去的现实主义传统现在被用完全不同的语言来描述。这一情形在契诃夫和皮兰德娄的作品之间

特别明显。

分析这一难题的关键在于对整体状况的继续强调。在现实主义的传统之外,整体的瓦解产生了非常不同的文学。在那些把个人孤立起来的作品中,这必定带来着重个人内心戏剧冲突的表现主义手法。在叙事文学中,它从意识流转向了诡辩小说。在那里,原先的一种生活方式(一 139
个社会)现在变得中立或带有敌意了。它成了一股冷漠的人流、一个背景、一种鼠类或一片丛林。这一中立的成分还蔓延到其他人身上,使他们在这个意义上成了某一环境中的物体。(用“环境”一词代替“社会”是当时典型的做法)。随着这一情感结构的发展,社会对个人的敌意与日俱增,但它在本质上有别于自由主义悲剧所大量记载的早先那种积极的对峙。在这新的结构之中,敌对情绪既无立场,也不积极,更不用说有具体的内容。个人所抵制的不是某种社会状况,而是社会这一事实本身。在这样的情形之中,人必定无法采取任何行动,唯有退却。

在此期间,有人试图恢复某种社会感,但他们非常教条,立场也被动而不主动,所以只能见证同样的崩溃。社会现在被分离了出来,它的具体事实被赋予了新的文学地位。就跟将个人分离出来的那个过程一样,社会生活的普遍情形(各种工作和住房条件)也被转变为绝对的东西。换句话说,社会又被转换为环境,虽然隐藏在它背后的各种对生活的假定明显有差异。内在于占主导地位的社会主义运动的唯物主义理论一直是这一类文学的后盾。一场空洞的战斗确实发生过(由于惯性,它仍在继续),参战的一方是这种唯物主义文学;另一方是以个人分离为基础的所谓唯心主义文学。但论战双方没有看到的是,尽管方法明显不同,所产生的文学作品也大不一样,他们都把坚持社会中的人的现实主义变成了主张环境中的人的不同模式。值得注意的是,双方都缺乏把公共事实与私人事实看作本质上密不可分的整体观念。它们竭力贬低各自理论框架以外的事实:一方认为整体生活方式是一种幻觉乃至意识形态;另一方坚持个人只有与社会(指环境)建立联系才重要。就在讨论和接受这些要点的过程之中，曾经让现实主义获益匪浅的人道主义的整体观都已经丧失。

140 当我们回到现实主义的主要传统，并被迫发现它也已经起了质的变化的时候，这段历史的复杂性就更加明显。契诃夫的作品描写崩溃，即便如此，它们仍然清楚地反映出一种整体感。虽然这一立场的确被后人延续，但它的本质特征已经改变。在最优秀的十九世纪文学作品中，整个生活方式与个人不仅存在于同一个时空当中，而且都具有真实性。二十世纪中叶的整体观念令人啼笑皆非。虽然生活方式与个人仍然处于同一个时空当中，而且两者有着密不可分的联系，但它们都是幻觉。一种普遍的幻觉意识取代了真实的生活方式与个人。

在其发展的最高峰，表现主义和诡辩小说曾经将个人以外的所有存在都描写为幻觉，但个人的真实性也因此而得到相应的强调。在与之不同的新的整体观念里，就连这样的个人也消失了。虽然艺术作品在许多方面有赖于强烈的个人意识，但它以其特有的形式表现出越来越多的幻觉成分。幻觉历来被看作戏剧行动中的一个成分，作家与观众自愿地共享幻觉也向来是艺术的本质，它是被以假当真的。然而，在有些重要作品中，我们现在看到的是一个彻底幻觉性的行动，或者说，是朝着那一方向努力的行动。这种幻觉不是通往真实的途径，而是幻觉本身的一种表征。艺术家和作品本身于是抗议那些可能会变得真实的表达环境。仅这一条理由就足以将传统的程序拒之门外。成功了的幻觉所带来的声誉本身也很有害。艺术甚至不能以其独特的方式追求虚假的真实，因为这样做会扰乱或打破纯粹幻觉的经验。艺术表达中常见的张力被认为是很糟糕的。出于这一重要原因，艺术必须是反艺术，小说必须是反小说，戏剧必须是反戏剧。在这一潮流中，任何话语的最大危险是使交流成为可能，因为这已经被认定是一个幻觉。按照这样的解释，除了它的存在，生活的整体状况不能够为艺术提供理论基础。具有讽刺意味
141 的是，我们迟早还必须为之努力。因此，创造艺术的意志本身必须被改

造为坏的信仰。创造的过程必须与意志分离开来;在极端的情况下,它还必须与意图分离开来。这样,一种纯粹幻觉的状态就会勉强得到实现,实现的方法是不断质疑自我,消解已经创造出来的成果。如果没有这种持续的消解行动,经验本身就会因为变成虚假的真实而失去其真实性。

我们现在必须在戏剧领域里详细跟踪这一转变过程。它的源头在契诃夫的《伊凡诺夫》中已经显露。我们在这里看到,具有自我意识的个人(那个自由主义的英雄和受害者)正在把他的对立面从某种社会状况转向自身。

> 我好像也劳累过度。上中学,上大学,然后务农,为农民孩子办学校以及各种各样的项目。如你所知,我的观点不同于所有的人,我结婚的方式与众不同,我时常冒险,我到处扔钱,我容易冲动。我比这一地区的其他人幸福得多,也吃了更多的苦。这些是我的包袱,帕莎。我把一件重物放在自己的背上,但我的背支撑不住。二十岁的时候我们都是英雄,我们什么都做,也什么都能做,但到了三十岁,我们已经疲倦,什么也干不了。告诉我,你如何解释人怎么会变得如此疲倦?

在这里,我们看到的仍然是自由主义的意识。伊凡诺夫知道必须做什么,并且努力去做。他孤身奋斗,被人误解,因而遭到毁灭。而就在他在跌到的时候,他也毁灭了别人。这类困境我们在易卜生的作品中经常遇到,但在契诃夫的作品中,它已经转变为一种新的状况:一种僵局。在困境中,人虽然还在努力奋斗,但他没有胜利的可能。这位生活的斗士竭尽全力而死去。在僵局中,不存在任何行动的可能性,甚至连行动的企图也没有;每一项主观行动都会自我抵消。这样,一个新的情感结构就产生了:

> 我的抱怨引起你的某种敬畏……但在我看来，我的神经质及其种种症状都只能一笑了之。人们应该尽情嘲笑我的所有情感，但你——真是小题大作！

142 这正是受害者把矛头指向自己。他的自杀结局别人无法解释或理解，因为这位曾经抗争过的受害者仍然被看作有别于他所在的社会群体。

这一情感结构在《海鸥》里开始延伸。康斯坦丁想搞些创新，他把一群朋友的过错归咎于自己，因而被压垮了：

> 你们找到了适合自己的道路，你们知道自己在朝哪一个方向走——但我仍然在梦幻和意象的乱世里到处漂游，根本不知道这样做有什么用途。我没有信仰，也不知道自己的使命是什么。

这里的结局还是自杀，别人不但不能够理解，而且还必须被暂时保护起来，以免受到惊吓。

在《万尼亚舅舅》里，这一感情结构得到进一步的发展，并最终成为一种对整体状况的把握：

> 摆在我们面前的是一幅衰败的景象，生存的奋斗毫无希望。造成衰败的原因是惰性、无知以及极端的不负责任。

虽然个人的态度和责任感不尽相同，但那种普遍的失败感毫无疑问已经登场。契诃夫戏剧的结构和方法开始表现出它的真正独创性。在那里，可以被看成受害者的是整个群体或社会。现在的问题不是怎样戏剧性地解决单一个人的命运，而是如何协调人们对共同命运的不同反应。《三姊妹》和《樱桃园》就是这一全新戏剧形式中的成熟作品。

屠森巴赫:候鸟,比如说鹤,飞啊,飞啊,不管什么高级或低级的思维进入它们的头脑,它们仍然飞行,不知道为什么或要去哪里。无论它们当中有什么样的哲学家出生,它们都会继续飞行。哲学家们可以尽情地高谈阔论,它们还是要飞。

玛莎:我还是要问,意义是否存在?

屠森巴赫:意义?现在正在下雪。有什么意义?

玛莎:我觉得人应该有信仰,或者应该寻找信仰,否则他的生活会是空洞的,空洞的。怎么可以活着而不知道鹤为什么飞行,婴儿为什么出生,天空为什么有星星!你必须知道自己为什么活着,否则一切都微不足道,什么价值也没有。 143

威尔什宁:可我还是为自己失去了青春而感到难过。

玛莎:果戈理说,这个世界的生活是枯燥乏味的,我的主人们。

屠森巴赫:我说与你们争辩太困难了,主人们。一切到此为止。

契普德金:巴尔扎克是在别尔季切夫举行婚礼的。这值得注意。巴尔扎克是在别尔季切夫举行婚礼的。

意义至此已经崩溃得如此彻底,以至于对它的追求也显得滑稽。对真实的把握非常脆弱,无论什么偶然的“事实”(如那则关于巴尔扎克的信息)都能够提供临时掌控局面的幻觉。

尽管如此,在一种悲剧性的紧张状态下,对重要往事的那种依稀记忆令人心痛。因为即使对稍有意义的过去的依稀记忆(三姊妹心中的莫斯科),也意味着一种与现在不同的状况。这可能变成对未来的一线希望:

他们会忘记我们的面孔,忘记我们的声音,甚至忘记我们这里有几个人,但我们的苦难会转化为生活在我们之后的那些人的喜

> 悦。幸福与和平将笼罩大地，人们会赞扬现在活着的人，并用亲切的话语为我们祈祷……但愿我们能够知道，但愿我们能够知道。

通往未来的道路始终被认为存在于工作之中：

> 我们必须工作，再工作，幸福只属于离我们遥远的后代。

或者像《樱桃园》里所说：

> 我们现在达不到的一切将来总有一天会近在眼前；但我们必须工作，我们必须竭尽全力帮助那些追求真理的人。
>
> 难道人的灵魂不从樱桃园里的每一棵树、每一片树叶、每一株树干朝你窥视？难道你听不到人的声音吗？唉，真可怕。你的果园使我感到害怕。当我傍晚或深夜从这里穿过的时候，这些粗糙的树皮散发出一种暗淡的光，樱桃树似乎在痛苦的噩梦中见到一二百年前发生的所有事情。是的，我们落后了至少两百年。我们至今一事无成；我们还拿不定主意怎样看待过去；我们仅仅肤浅地谈论哲
> 144 理，抱怨生活乏味，或喝伏特加。在我们能够生活在当下以前，我们必须先拯救过去，并将它了结；要拯救过去，我们只有经受苦难，只有艰苦地劳作不息。这一点很清楚。

这一要素对于契诃夫的整个情感结构非常重要，但它很容易被误解。在我们这个时代，人们已经看到所谓英国式契诃夫和苏联式契诃夫。英国式契诃夫的作品基调具有悲凉的魅力。工作的号召在此失去了效应，因为它令人发笑地来自那些不工作或显然永远不会工作的人（就像说前面那段话的"永久学生"特罗菲莫夫）。这样一来，理想就被转换为另一种个人的嗜好。另一方面，苏联式契诃夫的工作号召有时被那个预示未

来的正面声音所替代。这些解释很有趣，因为它们表明要把握这一整体结构是多么困难。

这种理想是真诚的。从讥讽的角度曲解这一情感就等于将它完全庸俗化和伤感化。同样，把它从解体的全过程中抽离出来也会误解它的意义。因为在这种情况下，对工作精力进行思考的努力将工作精力本身消耗殆尽。这是腐朽社会中常见的一种悲剧形式。换句话说，契诃夫认为社会解体就是个人解体。即使你能够看到一个自由的未来，现实的压力还在促成解体。社会解体的过程会延伸至个人的生活。它不是一个只需引起某种反应的外部事物，而是无所不在的精神和身体的直接经验。当社会正在解体的时候，个人也会反映出那个解体过程。即便理想也是失败的一种形式。

契诃夫在他死后发表的一份笔记中这样写道：

> 他们大声疾呼理想已经失落云云，但这在二三十年前就发生了；这些陈旧的形式已经完成了它们的历史使命，现在无论什么人重复这些口号，他也不再年轻，而且精疲力尽。那些生活在去年落叶之中的人会同落叶一起腐烂。

他的戏剧世界就是这么严厉。其中的裁决不会因为预言性的希望或悲凉的魅力而被减轻。腐烂一旦开始，就会产生废品，也就是那些仍然在
受难的无用之辈。能够带来拯救的不是对未来的憧憬，而是未来本身， 145
但他们却被切断和它的联系：

> 在我们周围沸腾着的是一种我们既不理解又不注意的生活……在新生活的黎明破晓之前，我们将变成阴险的老头和老太，而且会因为仇恨那个黎明而首先对它发难。

这是更加严厉的声音,而且实际上更具有预言性。然而,它也不得不反过来作用于自身,因为揭示解体的行动本身就令人沮丧:

> 像我们现在这样吓唬社会(这一行动还会继续下去)意味着剥夺它的勇气。

尽管如此,这一整体状况还是应该揭示,使用的方法也必定会继续反作用于自身。这就产生了一个我们觉得可笑的悲剧情形:它不仅滑稽,而且以悲剧性的解体告终。

契诃夫的所有作品都源于一种社会感, 源于一个不那么诚实但更自满的时代所称的“公共”和“私人”事实之间不可逃避的联系。相比之下,契诃夫比那个时代更加诚实和谦虚。这不是说人的头脑简单或缺乏能动性, 而是说社会必定是人际关系的总和。当这些关系发生严重问题,或者人们不再去理解它们的时候,就会产生一种非常复杂的自责和幻想的情感结构。它不仅在那些最引人注目的事物连接点上表现出来,而且还渗透到经验的每一个角落。但在此之外还有一个阶段:一种情感结构发展到最后,就会被引以为然,进而取代生活本身而成为一种普遍结构。在我看来,皮兰德娄的作品绝对如此。

这里的戏剧世界充满了内疚和幻觉。内疚的情感是错综复杂的,它源于各种虚伪的人际关系;虚幻的感觉精美而固执,它的目的是为了逃避内疚或与之共存。然而,这不仅仅是一个特殊的世界,它还被有意识地赋予了普遍性。正直和真诚的人际关系已经没有可能,只有幻觉才能使人免受苦难,它是保持纯洁的唯一途径。

《就是这样(如果你们这样认为)》是最简单的例子。弗罗拉夫人宣
146 称她的女儿是蓬扎的妻子;蓬扎宣称她的女儿已经去世,而他的妻子是
另外一个女人;这位妻子又宣布两种相互矛盾的说法都成立,但她本人
什么也不是。

这一问题源于共同的不确定性：

> 我们对其他人的了解究竟能有多少？他们是谁？他们是什么样的人？他们在做什么？他们为什么这么做？

然而，不确定性的范围比这更广，它既渗透到人的自我，又延伸至外部世界：

> 回想你曾经有过的那些幻觉，回想那些似乎不同于过去的所有东西，你难道不觉得——不，我不想使用那些词语——当你以同样的方式思考，你现在感觉到的这个你（你今天的所有现实）明天注定要被当成幻觉，你难道不觉得自己脚下的地球正在悄悄地离开？

因此，真实最多是暂时的。正如“亨利四世”在同时假装清醒和疯狂时所说：

> 想一想二十世纪的人在极度的痛苦中折磨自己，想一想事情的结局会是怎样。他们来去匆匆，非常辛苦，为命运和前途惶惶不安，不知等待着他们的是什么。而你和我一样已经属于历史。尽管我的命运很悲哀，我生活中发生的事件骇人听闻（那么多的痛苦和挣扎，那么多的辛酸和倾轧），但它已经成为历史。不会再有什么变化。你明白吗？任何变化都没有可能。一切都永远凝固了。你可以怀着平静而羡慕的心情袖手旁观，事件的结果以最完美的逻辑乖乖地跟随它们的原因，其中所有的细节都精确无误。啊，历史的乐趣，历史的乐趣……

只有在生命完结并成为历史以后，才可能找到共同的意义或现实感。但对活着的人而言，这种精神境界只有通过伪装才能达到；共同的现实是一个幻觉：

> 他们一起（她为他，他也为她）创造了一个幻想的世界。这一世界具有真正的现实的全部内容，他们现在在那里和睦相处，非常安宁、非常和谐。你的任何文件都不能摧毁他们的那个现实，因为他们就在其中生活和呼吸。他们能够看见它，感觉到它，触摸到它。一
> 147 份文件至多能够为你带来一点安慰，或者满足你愚蠢的好奇心。但这样的文件就是找不到，所以你命中注定要经受这种意想不到的折磨，摆在你面前、突然离你很近的，一方面是这个幻想世界，另一方面是现实……你分不清它们之间的区别。

这样一来，即使对旁观者来说，现实就是这种幻觉：

> 对我来说，现实存在于那两个人的头脑之中，我只能通过他们关于自己的叙述来认识那个现实。

当其他人想挖掘“事实真相”的时候，他们只会威胁到这一不稳定的平衡。挖掘的行为必定是毁灭性的，因为真相不可能被发现，能够得到的只是真相的幻觉：

> 真相是什么并不重要，只要它是好的、坚固的、直截了当的。

真相不可企及，或者至少是无法交流的，这是由于人及其语言的本质：

> 我们每个人的内心都装满了东西，我们每个人都有一个自己

的特殊世界。人是从自我的内部去理解事物的意义和价值的,但我们要用词语将它们表达出来，而任何接受词语的人又假定它们与他内心世界的东西具有相同的意义和价值。既然如此,我们怎么可能相互理解？我们以为相互理解了,但实际上从来没有。

因此,我们只能心平气和地接受相互之间的悲剧性距离：

> 我们经常在院子里来回传送一只小篮子，里面装着我的便条和她的三言两语。仅仅为了传递当天的新闻。我对此心满意足。现在嘛,现在我已经习惯了这一做法。你可以说与世无争。我不再受苦。

否则,如果硬要得出某种意义,我们就会卷入欺骗：

> 你知道这些不过是词语，他只是为了说话而说话……是你自己赋予了它们某种意义；是你向它们注入了最适合你的意义。然而,你假装是他向词语中注入了意义。他也会因为自己的词语具有意义而感到高兴。这样,你可以逐渐将他转变成完全符合你的愿望 148
> 的人,而他也会觉得那是他的意愿……

但这最终导致了悲剧：

> 一个人就那样被一个单词的重量压垮。

无论动机是好还是坏，人际关系的全部内容就是幻觉和悲剧的过程：

> 我们每个人都同时是许多人，之所以这样，是因为我们身上存在着各种各样的可能性。在某些人面前，我们是一个人，而在另外一些人面前，我们大不相同。我们总是错误地以为我们在所有人面前始终是同一个人。我们以为无论自己在做什么，我们永远是相同的一个人。但情况不是这样。情况不是这样。当我们由于某种偶然的不幸被卡在一件事情当中，或者说被悬在半空中，我们就会非常清楚地意识到这一问题。我们发现自己正在做的事情并不能说明所有的人。因此，如果单凭这一个行动来衡量我们，如果让我们继续这样悬着，如果将我们一辈子套进枷锁，仿佛仅这一件事就能够总结我们的毕生经历，那简直是极大的不公。

这段话出自《六个寻找作者的剧中人》中父亲这个悲剧人物之口。这一戏剧行动的性质正是上述进退两难的悬空生活。然而，悲剧就在如此呈现的人际关系之中。有人认为，虽然这里的人际关系的真相并不能反映有关人物的全部真相，但它们必须走完自身的悲剧历程。当一个人对自我都这样毫无把握时，跟别人搅在一起就成了悲剧性的闹剧：

> 你知道这些疯子想干什么吗？他们丝毫没有察觉自己身上的幽灵（那些暗藏在他们内心的幽灵），疯狂的好奇心促使他们乱跑，到处追寻别人的幽灵。他们还以为自己在做不同的事情。

接受这种幻觉状态（或者说“幽灵”的存在）似乎是唯一可行的结局。正如亨利在结束他的伪装时说：

> 女士们，先生们，我的病已经治好，因为我清楚地知道我在这
> 149 里扮演疯子。我安静地完成我的任务。需要怜悯的是你们，因为你
> 们在不时发生的焦虑中经历你们的疯狂，并且对此没有认识和知

觉。

这是一个有趣的结构上的对应。在普遍道德解体的时候,我们被告知故意撒谎是一种美德。同样,在普遍现实解体的时候,我们被告知只有承认自我非真实性的人才是真实的。虽然这两种情况在不同的经验层面上运作,但由于我们这个世纪的解体范围非常广泛,它们在结构上的类似才是重要的。

皮兰德娄看到了导致自我欺骗和幻想的痛苦,并迫切地将它们传递给观众。因此,在他看来幻觉不应该是嘲笑的对象。他的起点是日常经验,但他把这一过程推向了一种普遍的僵局。从本质上讲,悲剧不是这个或那个人的行为,而是一种整体状况。我们可以为自己建构幻觉,并暂时将它与其他人的幻觉连接起来。可是,虽然生活会继续下去,但与他人的连接却可能被毁坏。你能够悲伤地感觉到来自别人的压力,他也在玩弄自己的幻觉;但你觉得他离你很远,因而无法去真诚地靠近他:

> 即使它与你昨天认为的真实正好相反,如果你不抓住你今天或明天觉得是真实的东西,那是一件可怕的事情。我永远不希望你跟我过去一样必须思考那个逼你发疯的可怕事情。你靠近一个人站着,就像我有一天正视一个人一样,盯着他的眼睛,你在里面看见自己的影子。但这不是真正的你。不是,你看见自己是一个乞丐,站在门外永远不敢进来。走进那扇门的不是你,你有自己的秘密生活,你有自己内心的世界,你有自己熟悉的感官存在。从那扇门里穿过的是一个你所不认识的人。这是他对你的看法,是他在自己不可穿透的个人世界中所看见和接触的那个人。

这样一来,悲剧就存在于"不可穿透的个人世界"。这是必须捍卫的

领地，但捍卫行动会毁灭别人，毁灭他们的现实。这就是所谓的僵局，因
150 为任何行动都失去了效用。它也许是个人主义的最后危机。在此前自由
主义悲剧的英雄困境中，个人还能够对外部的整体状况进行抵抗，尽管
这样做会带来生命危险。现在，需要捍卫的“不可穿透的个人世界”恰恰
因为它存在于他人之中而反过来毁灭自身。这是一个矛盾的过程：由于
要捍卫他们坚固的个人世界以及随之而来的认知和生活方式，其他的
个人变成了一个敌对的社会，因而也威胁到个人的自我存在：

> 那些人总是要求其他人完全按照他们的意愿行事。每一天的每一分钟都应该按照他们的指示去度过。这当然跟傲慢没有关系。哦，没有，当然没有。这不过是他们的思维方式，他们的认知方式，他们的感觉方式。每一个人都有自己的方式……你们也有自己的方式，不是吗？你们当然有。什么是你们的方式呢？你们的方式即大众的方式。你们是一群可怜、迷惘和软弱的羊，他们利用这一事实。他们迫使你们服从他们的意志。他们迫使你们接受他们的生活方式。这样你们的认识和感觉就跟他们的一样。至少这是他们乐意坚持的幻觉。说到底，他们成功地强加于你们的究竟是什么？是词语。我们每一个人都理解这些词语，并且以自己的特殊方式将它们传递出去。所谓的公众舆论就是这样形成的。

这听上去像是号召个人造反。这个理想以及“普通大众”这一熟悉的称呼很有代表性。

> 哦，是的，你可以把这当作一个玩笑。假设我们离开这里，走进活人的世界。天破晓了。我们前面有足够的时间。黎明，摆在我们面前这一天的黎明。你们告诉自己可以任意打发这一天。可以吗？可以吗？让传统见鬼去吧。让陈旧的习俗见鬼去吧。说呀，继续说

> 下去。你们什么也不做了，只是不断重复那些相同的词语，就跟你们之前无数代人一样。你们真的以为自己活着？你们所做的一切不过是重复死者的言行。

这是对其他人的悲剧性绝望。虚伪的社会暂时被看作一个独立的事实。然而，人们在皮兰德娄的世界里找不到出路，因为来自他人这个现实的压力始终存在：他们有自己顽固的思维和感知方法，并且总是将你们的 151
意义转化为他们的意义。这样的世界只有通过相互连接的幻觉才能应付。摆在我们面前的一天并不真正属于我们，而是他们的。这样一来，个人的僵局就成了普遍的僵局，一种顽固不化的普遍状况。

最后，我们必须考察一下这种人生观的流传有多么广泛。自一九四五年以来，它已经成为一大批剧作家的主题。尤内斯库是其中最清楚的例子：

> 存在的事实，语言的使用，这些事情对我来说似乎是不可思议的。

我们生活在其中的世界

> 似乎是幻觉和虚构……人类的行为暴露了它的荒诞性，所有的历史都证明它是彻底的徒劳；所有的现实以及语言似乎都已经脱节和解体，并且失去了意义。既然它们已经不重要了，我们除了发笑还能做什么呢？

这里的终极观察及其口吻与皮兰德娄的作品相同。虽然这一世界的喜剧可能性在皮兰德娄的作品中已经明显，但它在尤内斯库的作品中被更完整地认识到，并得到更加淋漓尽致的发挥，《秃头歌女》就是其中一个杰出的例子。然而,在这个故意反常的结构之中,悲剧的事实却变得更加任意和残酷。个人在一个永远没有意义的世界里孤独存在,就连他个性内部的联系也分崩离析。然而,把人和世界都看成非真实的并不足以解决问题。事实上,认识到用来维持有章可循的世界的陈词滥调,意味着从中得到解脱而进入一种沉默和恐惧状态,但那里仍然充满着他人之存在的物质压力。悲剧于是有两种表现形式:第一种是习惯性的残忍,它把没有意义的世界维系在一起;第二种是"感情的突发……它是悲剧的来源"。按照定义,外表的行动与突发的暴力之间不可能有清楚的联系。《上课》里的谋杀惯犯、《不为钱的杀人者》里的杀人者以及《阿美代》里的巨型尸体似乎都产生于那个虚无空洞世界里他们自己的冲
152 动。在对真实的普遍怀疑中,唯一不受质疑的是死亡的事实,它在很多情况下是人为的暴力所致。在人的幻觉的整体中,似乎只有死亡和痛苦是肯定的。在这一滑稽外表背后等待着的是一种独立存在并按照自身规则运行的暴力。认识这一点既是痛苦,又是解放。在尤内斯库看来,只有获得对幻觉的整体状况以及随之而来的"共同痛苦"的普遍认识,我们才有可能建立一个真正的社会。

幻觉与暴力的共存也出现在品特的作品中,如《送菜升降机》和《生日晚会》。更加抽象的主题还有虚无、交流的失败以及意义的匮乏。事实上,这一模式现在流传得如此广泛,以至于它本身几乎可以构成一种戏剧传统。对许多作家而言(品特有时也可以算一个),这通常不过是传统而已,或者说一种特殊的戏剧创作机会。这样一来,整体幻觉和人际交流的失败这两个传统似乎仅仅是最新而又最资产阶级的陈词滥调。但如果这样看,我们很可能错过那些在创作深度上超越了这一公式的少数作品。

这类作品中最杰出的例子是贝克特的《等待戈多》。从某些方面看,该作品明显属于我们正在追踪的这一传统。它呈现的是一种人的整体状况,属于我们熟悉的那个情感结构:

……有一天我们出生了，有一天我们将死亡，同一天，同一秒，这还不能使你满意吗？他们两腿叉开在一个坟墓上分娩，亮光一闪而过，接下来又是黑暗。

两腿叉开在一个坟墓上，而且是难产。在洞的深处，掘墓人小心翼翼地拿起镊子。我们有时间衰老。空气中充满着我们的哭声。

然而，这里的戏剧手法实际上有别于契诃夫和皮兰德娄。他们的作品通常以单一的行动来展示剧中人物如何相互适应并且分享类似的幻觉。《等待戈多》的手法则更加老一点。该剧围绕一组非常明显的对比展开：两个流浪汉弗拉季米尔与爱斯特拉冈，两个旅行者波卓与幸运儿，每一对人物本身之间也有比较。

这种人物的两极对立曾经是早期表现主义的手法，用以呈现个人 153
的内心冲突。但它在此得到发展，用以表现一种人类整体状况中的冲突。这几乎是一个完全静态的世界，因而极大地限制了任何重要的人类行动。尽管如此，各组人物寻找意义的努力形成鲜明对比。这部剧的发展就是等待的行动。在每一幕剧中，两个流浪汉都聚在一起等待。他们遇见旅行者，但旅行者很快经过，留下他们继续在那里等待一个不守信用的约会者。旅行者在戏的两幕之间有变化，流浪汉则不然。这与他们在戏中所作的不同反应相吻合。我们可以拿前面引用的两段话来作最简单的说明(第一段出自波卓之口，第二段是弗拉季米尔的话)。两人对生活的看法相同，但波卓的下一句话“往前！”是一个向前移动的命令，而弗拉季米尔接下来的话“习惯是了不起的麻醉师”则暗示愿意等待和受苦的耐心。波卓与幸运儿属于实干和行动的世界；弗拉季米尔与爱斯特拉冈属于放弃和等待的世界。从终极意义上讲，这两种反应并没有高低之分：旅行者倒下了，而流浪汉在失望中等待。

无论进步还是拯救，都不能使人摆脱这种处境。然而，最终选择的方式对做出选择的人会有影响。旅行者的行为特点是权力和剥削,它们最终自我消耗。波卓这个人养尊处优,他奴役幸运儿,把笼头套在他脖子上牵着,但在第二幕中,哑巴牵盲人用的是同一根绳子。这是一种统治与依赖的行为方式,它只能逆转而不可消除。另一方面,流浪汉的行为方式是堕落中的同情。恼怒使他们相互不和,而同情的力量总是失败。歇斯底里的残酷心态在边上等着他们的关系破裂。然而,这一关系在压力下依然能够坚持。就我们正在追踪的传统而言,这是该剧的主要独到之处。契诃夫作品中随处可见的同情心在皮兰德娄以及后来作家的作品中已经消失殆尽。他们对幻觉的揭示(如贝克特本人的其他作品)虽然有一种嘲讽的辛辣,却不能越出自身。红尘已经“看破”,仅此而已。在接下来在波卓与幸运儿的对话中,贝克特虽然保持了这一口吻,
154 但他把这一基调与一些似乎已经失去的其他因素结合了起来。这里的整体状况仍然毫无意义,但却存在人类认知和仁爱的可能。奇怪的是,这种生活态度既令人信服,又感人肺腑,它的意义超出了对僵局的认识:

爱斯特拉冈:你还记得我投入罗讷河的那一天吗?

弗拉季米尔:我们当时在收葡萄。

爱斯特拉冈:是你把我救上岸的。

弗拉季米尔:这些都早已死掉了,埋葬掉了。

爱斯特拉冈:我的衣服是在太阳里晒干的。

弗拉季米尔:念念不忘这些往事是没有好处的。快走吧。

[他拖着他走。如前。]

爱斯特拉冈:等一等。

弗拉季米尔:我冷。

爱斯特拉冈:等一等。(他从弗拉季米尔身边走开。)我心里想,咱们要是分开,各干各的,是不是会更好些。(他穿过舞台坐在土

墩上。)咱俩不是走一条路的人。

弗拉季米尔:(并不动怒)那说不定。

爱斯特拉冈:不,天下事没一样是说得定的。

[弗拉季米尔慢慢地穿过舞台,在爱斯特拉冈身旁坐下。]

弗拉季米尔:咱们仍旧可以分手,要是你以为这样做更好的话。

爱斯特拉冈:现在已经迟啦。

[沉默。]

弗拉季米尔:不错,现在已经迟啦。

[沉默。]

爱斯特拉冈:嗯,咱们走不走?

弗拉季米尔:好,咱们走吧。

[他们坐着不动。]

这一处境是绝对的,剧中人物的反应也证实了这一点。他们待在一起,没有任何目的,等待他们的也只有失望。然而,就在这待在一起的行为中,我们重新发现了一种古老而深厚的悲剧节奏。 155

五

悲剧性妥协与牺牲

艾略特与帕斯捷尔纳克

有人说,悲剧的节奏是牺牲的节奏。一个人被苦难拖垮,最终死亡,但这一行动不仅仅是个人的。他的生命的破碎使其他人的生命完整。

事实上,作任何关于牺牲的讨论,我们都需要具体的背景。有人说,悲剧源于古希腊文化中一种常见的牺牲仪式,但这最多只是一个假设,并且引起过激烈的争议。就其最通俗的形式而言,这一观点基于一种浪漫主义的文化人类学,而后者经常挪用来自不同文化的各种仪式。在那里得到整合的是那些被抽象出来的模式(它们的存在似乎有文学的证明),而不是某一特殊仪式与使用该仪式的社会群体之间的真实关系。这样一来,意义就成了这些模式的一般安排,它与真实的社会和历史毫无关系。

即使承认牺牲是一种单一的行动,它在具体的背景中也可以有多种意义。然而,难道我们真的不能在这一威力强大的词语背后发现多种不同的行动?在我们的文化中,人们对牺牲的概念有非常不同的解释。我们几乎完全抛弃了最简单的牺牲形式:一个人被夺去生命,从而使整个群体能够生存或生活得更加充实。这一概念属于我们之外的其他文化和历史时期,它唯独在基督教的核心教义中仍然保留着情感上的意义。这种保留方式说明,我们已经远离了最简单的牺牲形式。因为耶稣这个人在信徒眼里也是上帝之子。如果他的行动要有什么意义,它必须被看成神灵世界的一部分,而不仅仅是人类的历史。有些相似的情形因为没有宗教的庇护,所以被解释为在本质上是原始的,例如为祈求繁殖力而碎尸或分享死人血的行为。一项行动如果不是神灵所使,就成了原 156
始的巫术行为,将两者简单对比甚至会令人不快。这一事实从反面证明了背景的极端重要性。

在一个持续的宗教传统中,人们可以在牺牲的节奏中看到殉道者。他的死亡是为了信仰的延续,或者说,他死亡的结果是信仰的普遍复兴。这种解释已经被延伸至宗教的范围以外,其中明显的例子是政治运动及政党的历史。仅仅提及这一变化了的形式就足以使人意识到背景的决定性意义。烈士身份不是每个人都可以得到的,如果信仰不同,我们就会另找一个名称。这种延续中的变化的一个明显例子是在战争中死亡的士兵。他的同胞通常认为他做出了崇高的牺牲(这一说法现在仍然适用),任何对这一点的质疑都会令人极其反感。然而,敌方士兵的死亡却被以另外一种方式去解释(战争的状况使所有的人都成为敌人,直至战争结束):他被摧毁、消灭、清除甚至抹掉。由此来看,对宗教、政治、民族或其他事业的认同,是烈士地位的基石。

事实上,关于牺牲的判断是根据它的原因和结果而做出的。这一词语的重要性经常遭到别人的拒绝。但是,在我们的时代,烈士地位带有一种特殊的感情色彩,从而使之更加不同于简单的牺牲。烈士地位现在是防卫性的,它指的是一种面对压力的死亡。正如所有的战争现在都被参战各方辩解为防卫性的,生命的牺牲也被消极地看待。它不是一个理想的实现,或某种共同历史的巅峰,而经常只是一次心甘情愿的事件。它的宗旨是保卫生命,而不是使之再生。人们感受到的是损失,而不是复兴。烈士虽然在正式场合被描述为英雄,但他在更多的时候却作为受害者被人悼念。

这样看来,我们已经失去了简单的、原初的牺牲节奏。事实上,当我们的主人公是受害人或者被看作受害人的时候,他们往往能够最亲切地感动我们。在大多数情况下,我们的情感信奉的是死去的人,而不是他为之献身的事业。这就产生了一种新的悲剧节奏,那里淹没牺牲仪式的不是血泊,而是同情。也有些重要的例外,我们稍后将会看到。

157 然而,在我们追忆那较为古老的节奏时,意义的含混性回到了我们身边。如果有人牺牲他的生命,我们会问这是自愿的,还是强迫的。在讨论强迫他人意志的时候,我们又把性格的问题扯进来,从而暗中掩盖公共选择的事实。他并非自己声称的那样为了某项事业而死,他的死是为了被提升或合理化为某项事业的个人理由。由于各人对性格的看法不一,我们必定会从自己的角度去理解他的行动。这样就产生了我们用以描述牺牲的另一个词语:“替罪羊”,这非常合乎逻辑。公共的理由也可以被提升或合理化为某项事业。如果一个人被迫死亡,我们会审视此事的必要性,而且在多数情况下会说这是替罪而不是牺牲。不仅如此,就像替罪羊的死亡在我们眼里一样,我们把寻找替罪羊的行动看作是悲剧性的(这又是新的节奏)。在这样的行动发生之后,我们的整体生活没有得到积极的复兴;相反,经常得到积极复兴的是我们的普遍罪恶感。它比任何生活秩序的实现更加能够深深触动我们。事实上,无可奈何地接受普遍罪恶感已经成为当今世界的一种生活秩序,或者说,已经成为它的影子。

无论什么文学作品,真实的背景(神灵世界、人类历史或具体社会)一定出现在作品的内容当中,否则它就缺乏意义。这一存在可能直接表现为不同的行动,也可能隐藏在各种传统背后。它还不可忽略地体现于行动的语言(语言和行动最终并不可分)。虽然意义发生在作品的内部,但我们似乎可以被自己通常不熟悉的节奏所打动(这一点现在最要紧)。我们的反应是一种发现或重新制作,从而使这一行动显得至少暂时是独立的。这种独立的状态是艺术的一个前提,也是它有别于仪式的原因所在(虽然两者有时相互重叠)。因此,即使我们已经正式摈弃了某些牺牲的节奏,我们仍然能够被它们感动。这一情形显然经常在悲剧里发生。值得注意的是，如果这些节奏不是出现在文学作品里，而是出现于被人遗忘的仪式（一个正在解体的模式），它就不会发生。这一问题在我们的时代比较复杂。究其原因，所有的背景在一定意义上都是已知的，我们很难把它与包含现行节奏的作品区分开来。在这个时候，那个没有时间限制的牺牲节奏就特别具有权威性和吸引力。做出那种联系比作品背景所要求的联系简单得多，而这一背景最终是我们自己。158

事实上，如果我们不是从过去，而是从现在听到那个似曾相识的牺牲节奏，结果会怎样？如果我们目睹那些导致贝克特、西莉亚·科普尔斯通以及尤拉·日瓦戈死亡的行动，结果会怎样？我觉得这些来自当代作品的例子很清楚，它们与牺牲的概念似乎有关。虽然《大教堂凶杀案》、《鸡尾酒会》和《日瓦戈医生》打动我的方式各不相同，但我对它们的思考都指向了那个牺牲的节奏。同样令我思考的还有该节奏的种种变化及其在当代的不确定性。我们必须了解这些行动中的牺牲节奏如何微妙地始终依赖于背景，而属于我们自己时代的文学作品又会有什么样的背景。我们必须了解从英雄到受害者的转变，以及两者被相互等同的过程。我们应该超越个人表白的层面，进而从行动的整体去认识主动选择或被迫就范的过程。我们应该了解对公共或个人事业进行提升和合理化的做法。最后，尤其需要我们追根究底的是那个多种因素互为作用的转变过程：它使秩序变为阴谋，阴谋变为秩序；它使生命复兴与罪恶感交换位置，或合二为一，含混不清；它使死亡被表现和接受为——更确切地说是被看作——失败或胜利，理想的实现或彻底破灭。

前面提到的三部作品有一个特点，即它们把一种以自愿死亡而告终的命运看成是必要的。虽然那些主要人物的结局各不相同，但他们最终都不被看作受害者，这一点与大多数现代悲剧不一样。《推销员之死》中的维利·洛曼最后有意牺牲自己的生命，但就像他的整个人生一样，他的牺牲让人觉得是一种控诉。这一从行动本身看上去有必要的价值仍然没有得到认可，因为这里还有另外一种背景的制约。《大教堂凶杀案》、《鸡尾酒会》和《日瓦戈医生》(我承认最后一本书还有争议)中,整个行动所呈现的背景不是可以选择的,而是得到肯定的。我们必须弄清楚为什么会这样。

159 《大教堂凶杀案》的行动基于一位历史人物的殉道经历,但它所有的重要成分被从具体的背景中抽离出来,从而变成某种“永恒设计”的一部分:

> 即使现在,在污秽的琐事中
> 那永恒设计也会出现。

因此,对这位殉道者来说,

> 我的死亡不是为了让世人知道;
> 我的决定是为永恒做出
> 假如你认为那是决定
> 我的整个存在完全同意。
> 我把自己的生命
> 献给凌驾于人类法则之上的上帝法则。

虽然这部戏剧的核心是殉道者的意识,但戏剧行动讲述的是这一意识转变为永恒设计的一部分:

> 一种永恒的行动,永恒的耐心
> 所有人都必须同意以使它得到实现
> 所有人都必须受难以努力实现它,
> 这个榜样因而可以继续存在……

贝克特的生命于是被牺牲，他的独立生命意志也被征服，为的是满足绝对和永恒法则的要求。接下来的具体仪式再现的就是这一法则：

他的血换取我的生命
我的血报答他的死亡
我的死亡报答他的死亡。

不仅一般的生活欲望应该放弃，而且不应该有充当烈士的意念：

真正的烈士把自己变成上帝的工具，他把自己的意志融入上帝的意志，不再为自己企求什么，他们甚至不求充当烈士的荣誉。

戏剧行动就这样走向了接受血的仪式，甚至到了为此感恩戴德的地步：

我们感谢您恩赐的血，感谢您用血为我们赎罪。
因为烈士和圣人的血
会充实大地，并创造神圣的疆域。

这一模式在剧中比较清晰，它压倒了经常被用来解读历史事件和更加 160
重要的殉难之普遍事实的另一模式。一个势力强大的国家迫害教会和教徒宁死不愿放弃信仰的思想在此被故意削弱，以突出牺牲仪式的结构。作者要我们关注的不是殉道者的英雄意志，而是他如何甘愿成为永恒设计的一部分，他的血又如何孕育大地。第三位牧师展示的是另一个模式：

教会因为这一行动变得更加强大
在困难中一往无前。迫害使它变得更加坚定：

> 只要有人愿意为之献身,它就至高无上。

然而,这不是《大教堂凶杀案》的主要倾向。那里的主导性意象是田野和季节,人与牲畜的生活以及血带来的拯救。拯救就是意识到这个自然秩序,意识到牺牲在其中的位置,因为这是一种对上帝的意识。假如没有牺牲,这个自然秩序就仅仅是兽性的。正是通过血的行动以及对血的接受,人类才获得了意识,从而有别于动物。通过合唱队,这部剧逐步表现出对流血牺牲的普遍接受。在剧的开头:

> 对我们穷人来说,什么也做不了
> 唯有等待和见证。

对流血行动的恐惧迫使人们反对这一牺牲模式:

> 你是否意识到你提出了什么样的要求?你是否意识到,
> 对于被卷入命运安排但又生活在琐事之中的小人物来说,
> 这意味着什么?
> 这些小人物面对家庭的厄运、他们主人的厄运以及世界的厄运,他们的精神负担,
> 你们意识到了吗?

然而,无论有多么害怕,他们还是承认:

> 世界必须在冬天加以清理,否则我们只会迎来
> 161 酸臭的春天、干枯的夏天和颗粒无收的秋天。

因此,他们的呐喊就成了:

> 清洗空气！清洗天空！清洗风！从石头中取出石头，从手臂上取下皮肤，从骨头上取下肌肉，洗刷它们。洗刷石头，洗刷骨头，洗刷头脑，洗刷灵魂，洗刷它们，洗刷它们！

这不仅是接受对“小人物的精神负担”的意识，而且认识到没有上帝的人跟牲畜一样污秽。烈士的血不仅孕育这个世界，而且为它清理尘世的污垢。烈士的血在信徒的头部留下标记，使他们永远不会忘记自己通常状况的罪孽：

> 人世的罪孽在我们头上……烈士的血
> 以及圣人的苦难
> 在我们头上。

我们正是在这一行动中看到属于基督教传统的牺牲节奏的特征。它不是一群人相信他们必须为振兴共同的生活而献出自己的血的行为。相反，这一需要必须由一位杰出的个人带给大众。流血的需要必须通过奉献生命的那个人得到表现。牺牲不仅为了拯救，而且为了改变信仰。就在这特殊的节奏中，牺牲的受害者成了拯救者或殉难者。

艾略特的牺牲模式，以及他对这种自愿死亡的坚持，取决于明显在剧中得到认可的一种背景。它是对已经成为狭隘兽性的人的普遍无意识状态的一种反应。它的前提是把人类分成不清醒的大多数和清醒的极少数，这有点儿像在虚假的人和真实的人之间做出划分。在这样的模式中，清醒的人的任务不是自救，而是挽救世界。悲剧不在于那个必须做出牺牲的个人的命运，而在于因为对自身真实处境无知而正在缩减和毁灭自身的那个群体的普遍状况。悲剧不在于死亡，而在于生命。

虽然这一模式在《大教堂凶杀案》里很清楚，但观众经常因为对烈 162

士这一戏剧核心的强调而忽视了它。与之明显不同的是罗伯特·波尔特的《永垂不朽之人》。该剧颂扬一位名叫托马斯·莫尔的烈士,它采用的背景与《大教堂凶杀案》在表面上相似:在次要层面上,它包含莫尔的诚实与其他当权者的腐败之间的对比;在主要层面上,它包含莫尔的高尚与“普通人”的懦弱和趋炎附势之间的对比(普通人虽然无意害人,却充当别人的同谋和刽子手)。波尔特的剧不讨论牺牲,只是有限地涉及伦理,讲述这个好人如何与众不同。艾略特的剧虽然很不一样,但很容易与这个相同的模式混淆起来,因为它的戏剧结构将贝克特推向了一个英雄的地位,而这实际上与作品的主题毫不相干。此外,这部戏剧描写历史人物的死亡,因而在一定意义上显得冷漠。

这一基本模式在《鸡尾酒会》里得到更加清晰的表现,虽然该作品的戏剧感染力明显减弱。牺牲生命的烈士在这里不是戏剧的中心。西莉亚·科普尔斯通和其他几个人物都属于同一个表面层次。真正的戏剧中心现在是人类的共同处境,不过它不被看作禽兽纷争,而是被比较温和地解释为一巡无聊的干杯,作品的标题正是由此而来。

即便它已经被削弱,这一牺牲模式还是得到了再现。西莉亚意识到掩盖着人类共同处境的幻觉(这在许多方面让我们想起契诃夫,或者更多是皮兰德娄),而她提出见解是为了揭示真相:

> 我向来是孤独的。人向来是孤独的。
> 这不仅仅是结束某一人际关系,
> 甚至不仅仅是发现它从来没有存在过——
> 而是揭示我与所有人的关系。

这仅仅是个人崩溃的可能性在此得到了生动的陈述:

> 我真的希望是自己有什么问题——

因为如果不是这样,这个世界本身就有问题,
至少它与人们现在对它的看法大不一样
——这更加可怕!
这太可怕了。 163

然而,该剧的行动清楚地表明这一“更加可怕”的情形是真实的。西莉亚的崩溃不是一个幻觉,而是幻觉(指对我们处境的世俗理解)崩溃的一个缩影,把它展现在观众眼前是这整部作品的整体目标。这部剧讲述对爱的追求,这种追求被表现为必然的失败。只有西莉亚公然拒绝人世的爱,这导致了她的死亡。她所选择的道路

指向
你们在这个地方永远也追求不到的东西

在人际关系中寻找爱是一个幻觉:

我们是否可以只爱
由我们自己的想象创造出来的东西?
我们是否实际上都不具有爱心,也丝毫不可爱?
那样,人就是孤独的,而如果人是孤独的,
爱人的人和被爱的人就同样是不真实的。

这实际上是《鸡尾酒会》的背景,它的作用是肯定死亡,否则死亡会显得浪费或骇人听闻。我们又一次看到,真正的悲剧不在于死亡,而在于生命。

观众可以在贝克特头上发现一道英雄的光环,虽然这有悖于《大教堂凶杀案》里的牺牲模式。同样,从《鸡尾酒会》的行动和对话的基调中

可以看出，西莉亚和其他人物也被社会地位的光环包围着，从而使该剧的主要牺牲模式模糊不清。这部戏剧令人信服地展示了一轮空洞的生活，但这种生活被置于一个似乎远离人类共同处境的地点和人群当中。虽然这是一个没有永久人际关系、瞬息即逝、华而不实的社会，但是，要把彻底无聊的生活本质与某一地点和人群挂起钩来非常容易，就像把它与某种人类的共同处境联系起来一样。艾略特当然不会承认这一点，但重要的是这部作品的实际效果。除断言某种状况以外，我们最终很难相信他还做了什么别的。此外，这部剧明显沉溺于自身的具体细节，从而削弱了特殊事件与普遍状况之间的类比。剧中的牺牲模式不同意这样做，但戏剧的基调却愿意接受。

164 这些事实对该剧的最终意义有着重要的影响。西莉亚摈弃人类的幻觉，选择通向十字架的道路。指引她的监护人称赞她的死亡是幸福的，虽然

> 她通过受难付出最高的代价。
> 那是永恒设计的一部分。

然而，这只是用以替代“孤单之终极孤独”的两条道路之一：

> 两者没有好坏之分。
> 两条道路都是必须的。在它们之间做出选择
> 也是必须的。

第二条道路是詹伯莱尼斯一家的选择，而

> 詹伯莱尼斯一家的选择结果
> 是一场鸡尾酒会。

这一点很重要。西莉亚牺牲的影响这样被提及：

> 谁知道……
> 这对那些快要死亡的当地人产生了什么影响，
> 或者他们死的时候是什么心态？

而在伦敦的家里：

> 假如这样做是对的——假如西莉亚这样做是对的——
> 那一定另有什么事情大错特错，
> 我们剩下的人不知什么原因被卷入了这个错误。

“谁知道”和“不知什么原因”这些推测性的短语显然很适合剧中那些难以归类的监护人。他们既是上帝的神秘代理，又是鸡尾酒会全心全意的热血参加者(如果仔细推敲一下，这一形容词有点词不达意)。詹伯莱尼斯一家无奈地接受了这一世界：

> 两个人知道他们相互缺乏理解，
> 他们连自己繁殖的子女都不能理解
> 而子女也永远不能理解他们。

这是无可奈何地接受无意识状态，或者至多是无可奈何地接受对无意识状态的认识。这也是无可奈何地接受半人性。(上文中的典型词语“繁殖”表明，半人性还可以被称为兽性。)这是无可奈何地接受糟糕的生活，因为

> 我们任何人能够做到的只是别把它搞得太糟——
> 165 圣人当然例外。

说到这一点,我们有必要重新用批判的眼光去审视牺牲的概念。因为牺牲现在已经不能拯救世界,或者将新的生命注入荒原。相反,它以隐蔽的方法认可世界的现状。艾略特的基督教行动不是悲剧性拯救,而是悲剧性妥协。也许"有什么事情"大错特错,而我们"不知什么原因"被卷入了这个错误,但在这一意识水平上,我们又从鸡尾酒会开始。我们不能不说这是一种代价昂贵的社交活动,因为它从理论上认可了这种半人生活的继续,尽管它也意识到世界的混乱。宾客一到,酒杯就斟满,生活将一如既往(我们无奈地接受了这一事实)。我们当然不会忘记死得如此悲惨的西莉亚。事实上,牺牲是圣人的使命,而我们则继续这场鸡尾酒会。就这样,原来在清醒的精英和不清醒的大众之间做出的区分在这里又多了一个具有讽刺意味的脚注。发生在他们身上的是悲剧,发生在我们身上的则是舒适的闹剧。两者没有好差之分,但我们必须选择其一。我们就作选择。

毫无疑问,艾略特在《鸡尾酒会》里摈弃了基督教的牺牲和拯救传统。他把它的行动转移到别处,转移到少数人身上。他取而代之的主导性情感结构是一种适应社会的妥协。从某种意义上讲,他也许没有完全摈弃牺牲的概念。我从中得到的印象似乎是,西莉亚必须为这个群体的利益而死,当然在别的地方,而且很惨。但她的血不可以带来污迹或羞愧,至少不可以长时间这样。就其整体意义而言,拯救是好的,但这事关别人。我们可以因为她奉献生命而做个姿态,但宴会上喝的是同一种古老的鸡尾酒。与十字架有关的深色酒更浓、更烈,但我们不属于那个阶层。我们不会嫌弃鸡尾酒,要尽情享受这糟糕的人生。

我们没有必要再继续讨论艾略特。在《鸡尾酒会》之后,他的作品变得极其空洞。作为一个剧作家,他选择走合群的道路,虽然他从来也不大合群。艾略特在他的悲剧中对真正实现生活理想的主张提出了挑战。我们当中有一部分人虽然受到触动，但还是觉得他最后的半人性世界缺乏感染力，因为那里不再有任何挑战，也从来没有理想的实现。 166

在艾略特的鸡尾酒会世界里，人的声音与昆虫搓腿发出的响声一样。可是在日瓦戈的世界里，整个社会都在公开遭受折磨。从前者进入后者使我们突然意识到文学的真正地位。在这里，生命与死亡又成了非常强烈和严肃的经验，而不是文学态度。那种对作家口吻的过度关注过去一直束缚着我们，它现在受到文学艺术整体内容的挑战，并被扫除到一边。从这个意义上讲，帕斯捷尔纳克作品的重要性不容置疑。

关于《日瓦戈医生》有两种相互对立的解释。一种观点说它讲述一位敏感的个人被缺乏灵魂的集体行动毁灭；另一种观点认为它讲述一个男人不能适应时代变化而走向崩溃和死亡。但这两种解读都是片面的。第二种解释所指出的情况确实存在，但这不能被看作是小说的全部，因为给予个人历史的那种重要意义远不止是表明与时代的不相容。一个人与时代不相容的事实既然受到如此重视，我们必须知道为什么。在这一点上，从政治背景出发的第一种阅读又引起了我们的注意。这部小说描写的是那位“个人”在一场社会主义革命中的遭遇。日瓦戈和拉拉面对残酷而空洞的集体事业仍然坚持他们的自我，我们对此表示同情。然而，说这一类话很容易，而且其中的虚情假意总是被当真，所以我们在任何时候都应该保持谨慎。我相信，如果我们接受这种解释(应该再次承认它并非毫无根据)，更为关键和重要的内容就被忽略。我们忽略的是作为牺牲的生命概念，正是它最终赋予个人和社会历史以意义。这也是该小说的基本要点。

我们有必要立刻摈弃这一常见的从道德角度做出的阅读。假如小说里的正面价值是对个人经验的忠诚，我们不能不说帕斯捷尔纳克根本没有能够很好地体现它。就个人经验而言，该小说所展示的始终是背叛，甚至是光天化日之下的背叛。作为一个道德英雄，日瓦戈太糟糕了。

167 他不仅抛弃了革命和集体的纲领，而且还抛弃了与他发生过关系的所有人。在小说中，他先后三次抛弃与他相爱并生儿育女的女人，这几乎成了一个习惯。作为一名医生，他放弃了治病救人的技能以及需要他帮助的病人。事实上，他的整个发展始终远离个体的人，并且远离集体行动本身。

这当然可以被勉强理解为真实的个人经验。五十年的西方文学一直证明，对个人经验的忠诚可以完全排除其他人，但该小说并非如此写成。将日瓦戈这个人物从作品中分离出来，是文学批评而不是那一真实叙事的产物。这与《新世界》的编辑们犯的错误一样。他们从道德的角度对书中的主要人物做出评论，并以为这就是文学批评。这两种解读都忽略了叙事的整体结构。例如，它们都必须跳过小说中倒数第二个场景。在这一重要的场景中，作者非常同情被尤拉和拉拉遗弃并受尽磨难的女儿。难道这一失而复得的女孩仅仅是一次高尚爱情的仓促事后说明？还有一个问题。苏联评论家认为这部小说的目的是在道德上肯定日瓦戈，这种观点与小说结尾处作者对女儿的强调吻合吗？

我们必须尝试另一种角度，充分认识到这部小说描写的是历史中的男人和女人：

> 历史是什么？历史从一开始就努力想解决死亡之谜，这是一项已经持续了许多世纪的系统工作，其目的是为了最终征服死亡。

这段引文来自尼古拉在小说开头说的一番话。它与稍后在尤拉脑海里闪过的念头相似：

> 他比以往任何时候都更清楚地看到，艺术有两种常态，它总是被两种东西占据着：一方面坚持不懈地探索死亡，另一方面又始终如一地以此创造生命。

因此,创造艺术就是帮助释放顺应历史的精神。尼古拉把这一举动描述为:

> 首先,对邻居的爱,它也是生命力的最高表现形式。一旦它充满人心,就会向外流淌以寻求出路。其次,个性自由和作为牺牲的生命(这两个概念是一个现代人必不可少的两个主要组成部分,缺乏这两个部分会让人觉得他匪夷所思)。 168

这篇叙事的构思就是源于这些观念。我是在形式的意义上使用"构思"这个词的,它指的是思想和行动的模式。这一模式在结构上受制于一系列的人物会面以及细节重复(它们通常被描述为偶然事件,有时甚至被看作累赘)。情况实际上很清楚,这一构思超出了任何人物的意志,而且应该被这样去理解。拉拉在尤拉临终前曾说,"上帝让我们走到一起。"这不只是一句客套话。正如尼古拉所说,

> 一个人可以是无神论者,可以不知道上帝是否存在或为什么存在,不过却要相信,人不是生活在自然界,而是生存于历史之中。

这就是该小说所创造的世界。"历史是从基督开始的。"尼古拉说。这里的意思涉及对死亡和生命复活的反应。这不是说尤拉是基督式的人物,而是说整部小说是关于这一行动。

在这一构思当中,俄国革命并非一个外部的集体行动。它实际上是一个历史的过程。斯特列利尼科夫这样说起少年时期的拉拉:

> 你可以用她的名义控告这个世纪。

在斯特列利尼科夫的眼里，列宁就是这一控告和惩罚：

> 俄国无可比拟的巨大形象在全世界的眼中同他并排站立起来，为人类的一切苦难和不幸点燃了拯救的火焰。

这不仅仅是小说中“反对派”的观点。帕沙·安季波夫转变为斯特列利尼科夫就是这一真实的普遍过程的许多例子之一。革命是火焰和拯救，但它也是火焰和冷酷，火焰和毁灭。个人和社会从一开始就连在一起。正如尤拉所说：

> 革命突然爆发，仿佛被憋得太久的呼吸。每一个人都苏醒了，获得了再生，一切都变了，旧貌换新颜。你也许可以说，每一个人都经历了两种革命，一种是个人的，另一种是普遍的。我觉得，社会主义宛如一片海洋，所有私下的、个人的革命像无数溪流一样汇聚其
> 169 中，这是生活的海洋，它有自身存在的理由。

然而，

> 这一新生事物，这一历史奇迹，这一启示突然降临熙熙攘攘的日常生活之中，丝毫没有考虑它的进程。

同样，

> 在为拉拉痛哭的时候，他也为很久之前在梅留泽耶沃度过的夏天哭泣。那时，革命上帝从天上降到人间……每个人的生活都有自身存在的理由，而不是被用来说明高层政策中某个论点的一个例证。

但是，

> 革命是由片面的行动狂造成的。他们的思想狭隘得几乎接近天才，在几小时或几天之内推翻旧的制度。整个动荡只需几周，最多几年，但在以后的几十年甚至几个世纪里，导致这场动荡的狭隘精神却被当作圣物受到崇拜。

这就是"为生活本身而革命"的后果。但这不仅是堕落，也是一个辩证的运动：

> 无论我们怎么看，它（树林）都是静止不动的。虽然社会生活永远在成长，永远在变化，历史也像春天的树林一样不停地在发生悄悄的改变，但它们在我们眼中同样是静止的。

为"生活本身"而革命的反面是毁灭

> 正常运转的，安排妥当的，同日常生活、人类家庭和社会秩序有关的一切。

这句重要的话出自作为情人和奸妇的拉拉之口。她和尤拉以及被他们遗弃的女儿既是这一过程的见证人，又是它的受害者：

> 所剩下的只有赤裸裸的、颤抖着的人的灵魂，它一丝不挂，人类心灵的原始动力依然如故，因为它永远冷得发抖，渴望靠近与自己一样寒冷和孤独的邻居。 170

革命碰到的人性危机是，

> 人生的目的是生活，而不是为生活作准备。

与东尼娅和斯特列利尼科夫的情况一样，尤拉和拉拉的悲剧在于他们的个性逐渐被不断扩张的革命力量摧毁。这的确是小说的关键所在：面对集体行动，这些小说人物没有坚持个性；相反，他们失去了个性。这既是革命的成果，也是它最大的危险。最后，东尼娅几乎与革命社会等同起来：她既是尤拉与拉拉的爱情结晶，也是革命的女儿。她的身世被披露是整体行动的结果，我们不可以因为突出某一点而忽略其余部分。只有理解了这一整体构思，尤拉的生活才有意义。

换句话说，革命被看作为生命而牺牲生命：它不是为了建立新的秩序而简单杀人，而是为了创造新的生命而失去生命。这部小说所思考的正是这种死亡，并从中创造出生命。这就是自由个性与视生命为牺牲的思想。尤拉在一个整体行动中体现了这些思想。他写在书尾的诗歌包含了它的基本定义：

> 这无疑是我的使命，
> 让人们在未来面前不丧失信心，
> 在城市的疆界以外，
> 这片土地不应该感到寂寞。
> 正是为了这个目的，
> 朋友和我在早春相聚。
> 我们的晚会是为了分手，
> 我们的午宴是为了留言，
> 让那苦难的暗流，
> 温暖生活的冷酷。

与革命的初衷一样,这一使命也是一种通过苦难而实现的拯救。它使个性丧失,为的是让生命之流延续奔腾,并把温暖带到正处于普遍寂寞的人间。他自己忍受寂寞,为的是拯救世界:这是一种为他人牺牲自我的行动。 171

生命原本只是一瞬间,
将自我融化
在所有人之中
仿佛向他们献礼。

或者说:

我为所有的人担忧
仿佛是他们的骨肉,
我跟雪一起融化,
与清晨一道锁眉。
我心中的人们无名无姓,
儿童、老弱病残、树木。
我已经被他们征服,
这是我唯一的胜利。

这类行动既没有英雄,也没有受害者。尤拉不可以被分离出来受道德赞扬或批评。他的行动就是普遍的行动,它是牺牲或革命看似矛盾的安排。当小说的尾声对战争进行反省时,这一点终于水落石出:

战争的特点是充当几十年革命锁链的一个环节。它表明内在

> 于动荡本身本性的直接原因已经不再起作用了。现在起作用的是次要原因。我们所看到的是它的成果的成果,效应的效应:经受过苦难考验的性格,不再娇生惯养,具有英雄气概,随时准备干一番伟大的、殊死的、前所未有的事业。这些令人惊讶的优秀品质构成了这一代人的道德色彩。

这一辩证过程完成了自身的使命:我们终于理解为什么一个人通过失去生命而得到挽救,一个民族通过毁灭而得到再生。"它的成果的成果,效应的效应","我已经被他们征服,这是我唯一的胜利",这不只是一个虔诚的希望,而是帕斯捷尔纳克使命的完成。在战后的莫斯科,

> 这种心灵的自由来到了……就在那天晚上,他们脚下街道上的人们几乎已经能够感触到未来……他们自己也已经步入未来,而且今后将永远是它的一部分。

172 当未来通过尤拉的诗歌被展现在我们面前的时候(艺术既思考死亡,也创造生命),当拯救被看作普遍(而非个人)行动的时候,它强调的还是那个使命:

> 莫斯科在他们脚下伸向远方……现在他们觉得它不是这些事情发生的地点,而是他们正在阅读的长篇故事中的女主人公。那天傍晚,他们手上的作品已经接近尾声。

这一情感结构在西方以及苏联都遭到误解的事实并不令人惊奇。它是基督教的救世观念与马克思主义历史观念非常独特的结合(虽然在俄国文学史上有少数人曾经这样做过)。为此它两面受到攻击。大部分西方基督教传统仍然接受救世与社会变革的概念,但它已经把它们

分离开来。正统的马克思主义则把历史从个人现实这一不可避免的过程中分离出来，并最终以历史的冷漠来解释和衡量男人和女人。帕斯捷尔纳克把牺牲的行动看作成长和变化，这是一个理论上的创举，因而会遭到拒绝和贬低。然而，如他自己所说，文学拥有自身独特的能量。在艾略特的作品中，为普遍大众获得新生而献出生命的牺牲行动被归结为教条，或者说，它由于普遍的妥协而变得意义不大。这两种方法都缺乏解决问题的活力。帕斯捷尔纳克这部小说中的非凡活力与之有着本质上的差别。在这里，尽管它面对重重困难，牺牲的观念所创造和主导的生活比人们期待的要深刻和丰富得多。该小说把自然和历史、人和社会融为一体，讲述了绝对苦难和牺牲。然而，我们也从它的主导思想中听到小说人物是

> 如何享受整个宇宙，她的形态、她的美丽以及他们自己属于和参与这一宇宙的感觉。

在这个意义上，我们可以赞同日瓦戈笔记中的那个说法：

> 所有的艺术作品，其中包括悲剧，都见证了存在的乐趣。……
> 一方面坚持不懈地思考死亡，另一方面始终如一地以此创造生命。 173

六

悲剧性绝望与反抗

加缪与萨特

阿尔贝·加缪在1945年说：

> 大众厌倦了阿特柔斯的儿子们，厌倦了对远古传说的改编。天哪，无论我们为它们填塞多少时间上错位的内容，那种现代的悲剧感在古代神话中几乎是不存在的。一种伟大的现代悲剧形式必须而且即将诞生。我当然做不到这一点；也许没有一个当代人能够做到这一点。但是，这并不能减轻我们协助去做清理工作的责任。这在目前是必需的，以便为日后打好基础。我们必须用自己有限的资源来加快它的到来。

这不单纯是对一种新的戏剧形式的追求。追求一种新的形式还意味着承认我们的现代悲剧感有别于过去，承认它需要截然不同的表达方式。这本来几乎不需要争论，但我们实际上受到来自顽固的传统悲剧定义的压力，而且它经常成功地使我们相信它在经验和形式上拥有某种权威。我们被告知，二十世纪人道主义所表现出的乐观精神是肤浅的，它深受理性的蒙蔽，面对顽固不化的邪恶无能为力，因而悲剧对它来说必定是不可企及的。

如果这些大家熟悉的批评家所攻击的人道主义仅仅是那种常见的

拙劣模仿，我们就不会有收获，什么也得不到澄清。如果我们希望进行诚实的讨论，加缪无疑将是一个核心人物。这不仅因为加缪在他最好的作品中可以被恰如其分地称为带有悲剧色彩的人道主义者，而且因为人道主义本身在本世纪的暴力中也已经脱胎换骨，人们无法为了方便的缘故把它还原到十九世纪的形式。现在仍然在进行的从自由主义的人道主义到社会主义的人道主义的重要过渡只是这些永久性变化中的一个。

“当代的悲剧是集体性的”，加缪在他从事政治新闻的那段时期里
写道。他曾故意借助这一行业来接触自己时代的悲剧经验。（法国知识 174
界的传统使得这种参与变得司空见惯。在这一点上，它比仍然在努力统治英国的古板的专业划分更加具有人性和活力。）认识这一新的历史发展是至关重要的，否则任何事情都没有可能。不仅如此，加缪还为这种认识注入了自己根深蒂固的具有悲剧色彩的生活态度。可用以总结他生活态度的词语是绝望和反抗，但我们必须在不断变化的作品中仔细考察它们。

按照加缪的说法，绝望的情形出现在对所谓“荒诞”取得认识的那一刻。在加缪看来，“荒诞”不是一种理论，而是一种经验。它是一种关于不协调状况的认识：肉体生命的强烈感受与死亡的必然性势不两立；人对理性的坚持与他生活在其中的非理性世界针锋相对。这些永久的矛盾会被一些特殊的情境激化，例如，自然的生命蜕化成机械性的日常行为，或者一个人意识到与他人甚至自己处于离异状态。无论一个人通过何种渠道获得这种认识，其结果都可能是强烈的绝望：他所处的世界，他的社交圈子，他的私人生活都失去了意义和价值。在《西西弗斯的神话》里，加缪描述和传达了这种源于根本荒诞感的绝望情绪，他也面对着那个似乎符合逻辑的结局：自杀。

这些是广为人知的，也是人们乐意接受的。由于它的感染力和真实性，这种思想已经融入我称为悲剧性困境的战后正统观念。然而，尽管

事实很清楚，却较少有人知道，而且更少有人承认加缪并不认为这是一个可以令他满意的立场（虽然他后来又稀里糊涂地回到这里）。事实上，正是在这个人道主义通常遭到否定的地方，加缪最引人注目地肯定了他的人道主义。他不但在生理行动的层面上否定自杀，而且认为这是向非理性哲学退避的比较常见的方法。他否定自杀的理由是，在获得上述认识之后，人类仍然必须解决如何生活的问题。仅仅选择死亡来消除生与死之间的张力，或者选择非理性来消除对理性的不懈追求与非理性
175 世界之间的冲突，都不是解决问题的方法。问题的根本在于，我们充分认识到这些矛盾，并且在它们产生的张力之下生活。然而，生活的压力如此巨大，以至于我们总是企求通过公开或隐蔽的方法消除或减少这些矛盾。被作家呈现为必然结局的绝望实际上只是我们的逃避方法之一。

加缪这样说道：

> 当然，有那么一种乐观主义不是我的长处。与其他同时代的人一样，我是在第一次世界大战的进军鼓声中长大的。自那时起，我们的历史一直在讲述谋杀、非正义或暴力的故事。但是，就像我们今天看到的那样，真正的悲观主义利用这些残暴和邪恶。我一直在不停地与这种堕落作斗争；我憎恨的只是那些残暴的人。在我们的虚无主义最黑暗的深处，我寻求的只是超越虚无主义的途径。

这是对像艾略特那样的人所表现出的悲剧性妥协的根本挑战。身为作家和人道主义者，加缪竭尽全力想超越可能陷入绝望的人道主义。他说：

> 真正的绝望意味着死亡、坟墓或深渊。如果绝望引发言语或思考，并最终导致写作，博爱就会出现，自然的事物得到正名，爱也由

> 此产生。绝望的文学是一个矛盾的说法。

他的悲剧性人道主义正是从这一点开始的。

假如加缪没有发现或创造出他所希望超越的悲剧性荒诞和绝望，他的成就也许不会如此令人注目。《局外人》不能被作为自传来解读；它基本上是一个客观的陈述。然而，它的非凡感染力让人觉得它远不止对某一个人的叙述。默尔索与他人关系的失落，以及他在其他方面的强烈自我意识，是一种真正意义上的新的悲剧情境。它最终导致谋杀并不令人感到意外。与他人失去联系就是与现实失去联系，因而也是致命的。
默尔索杀人，以为自己正受到袭击，可是他此时不但不知道别人究竟在 176
干什么，而且也不知道自己在干什么。当社会做出反应，要惩罚他杀人，他仍然不能明白。在这个意义上，说他因为在母亲的葬礼上没有哭而被判处死刑是准确的。感觉和行动以及默尔索的相反表现的继续都是真实的。然而，社会同样要以杀人来惩罚杀人。就在它得到法律和道德保障的同时，它自身也丧失了人与人之间的联系，这一点被加缪戏剧性地表现了出来。杀人的罪行本身无疑是荒诞的，但对它的惩罚也是荒诞的，对生与死有着主宰权的假定也是荒诞的。出现于小说结尾的张力实际表现了默尔索的觉醒：就在他被宣判死刑的那一刻，他对自己的生命和处境有了强烈的意识。法律、道德和宗教当局无论对生命还是死亡都没有这种意识。一个异化了的世界夺走它的某一成员的生命，仅此而已。在默尔索头脑里闪现的意识中，这种盲目性受到鄙视。这不是绝望，而是悲剧性的肯定。正如加缪所说：“自杀的对立面恰好是那个被判处死刑的人。”在解释西西弗斯的时候，他也说过让人想起默尔索最后立场的话：

> 给他带来痛苦的清醒意识同时为他的胜利加冕。没有什么命运不可以诉诸鄙夷而加以超越。

至少可以说加缪有这样的希望。这是一种对个体意识开放的立场，作为对荒诞处境的某种反抗。卡利古拉采取了这一立场。被问到什么是他的秘密安慰时，他回答说："鄙夷。"然而，卡利古拉对绝望的反抗不是清醒的无动于衷，而是争取自由的积极行动：

> 这个世界毫不重要；一旦意识到这一点，一个人就赢得了自由。这就是为什么我恨你，恨你和你的同类；因为你们是不自由的。

在这一点上，谢莉娅反对他的看法：

> 我只希望在这个重新获得意义的世界里得到一点心灵的平静。鞭策我前进的不是野心，而是恐惧，我的恐惧不无道理，因为那
> 177 种非人性的视角将我的生命看得连一粒灰尘也不如。

大权在握的卡利古拉遵循的是他自己的逻辑：

> 命运是捉摸不透的，所以我选择扮演命运的角色。我摆出职业上帝那副愚蠢而令人费解的面孔。……任何人都可以在神的喜剧中担任主角，当一回上帝。他所要做的只是变成铁石心肠。

世界的无情与专横残暴于是得到正面的展示。但卡利古拉不仅仅是一个暴君；他还把这种无情延伸至自己：

> 我重视(人的)生命的程度并不会胜过我重视自己的生命，这是一个事实。如果我觉得杀人容易，那是因为我觉得死并不困难。

卡利古拉因此获得了自己所谓的自由；他可以根据自己专横、冷漠和残酷的意象自由地塑造世界。

> 当我不杀人的时候，我感到孤单。活着的人不足以充实我的世界或驱散我的无聊。只要你和其他人在这里，我就有一种极度空虚的感觉，我的眼睛除了虚无的空气外，什么也看不见。不，我只有在死人的陪伴下，才感到自在。

荒诞以及随之而来的绝望的逻辑看起来已经完成，但这出戏最终讲述的是

> 一个最人性、最具悲剧感的错误。卡利古拉对人类不忠诚是为了忠于自己。

这是从绝望的另一面对人道主义做出的重新阐释。卡利古拉最终明白：

> 我选择了一条错误的道路，一条通向虚无的道路。我的自由不是正确的自由。

正如加缪后来指出：

> 我认为产生于此剧的道德教训是……人不能通过恶待他人来获得自由。

这在一定意义上也是自由主义人道主义的终结，取而代之的是悲剧性的人道主义。它之所以是悲剧性的，是因为卡利古拉的错误普遍而不难理解，只是付诸实施的残酷逻辑超乎寻常。将荒诞与绝望看作一种普遍

状况最明显的例子也许是《误会》这部戏剧。从某种意义上说，这是加缪
178 最具悲剧性，至少是最绝望的作品。究其原因，他在这部戏剧里展现的不是未知世界中的某一个体意识，而是一种整体状况。在这一点上，加缪的世界显然与皮兰德娄和艾略特的世界相互交织。

有一个人在长期离家以后，回到母亲和妹妹经营的小旅店。他没有透露自己的身份，因为他希望得到被认出的快乐。但是，他的妹妹为了重新获得行动自由而谋害每一个有钱的孤身客人，他的母亲对此视而不见。就在即将认出他的时候，她们（仍然不知情地）杀死了这个是自己兄长和儿子的人。她们这样做也同样不奇怪。没能认出对方的情况很普遍；他们之间的关系没有被认出，或者说没有被及时认出。妹妹宣称，"生活比我们更残酷。"她还说：

> 无论对他还是对我们来说，无论是生还是死，都不存在什么安宁或家园。

这里也看不到任何来自外部的同情。诸神都是铁石心肠，就像剧中的那位男佣一样。他在戏剧的结尾对寡妇说：

> **玛利亚**：噢，圣父，请听我的哀求，把我从尘土中拯救出来吧。怜悯那些爱对方却要分离的人们。
>
> **男佣**：这是什么声音？你叫我吗？
>
> **玛利亚**：噢！我不知道。帮助我，帮助我吧，我需要帮助。发发慈悲，说你会帮助我。
>
> **男佣**：不。

母亲和妹妹后来意识到她们的罪孽，因而结束了自己的生命。

这里产生了一个非常重要的问题。作家的声音听上去满怀怜悯和

仁慈，但戏剧行动却展示了一个冷漠、专横和悲惨的命运。我们不禁要问（加缪也会坚持这样做），既然所观察到的状况被认为是普遍性的，那么造成它的原因究竟是什么。加缪作品的一个重要特点是，它们表现出一种不确定性，一种诚实的模棱两可。他一方面看到特殊的社会历史背景是造成这种状况的原因，另一方面又认为这种状况是绝对的。这一点在《误会》中特别有意思。这部戏剧据说是以捷克斯洛伐克的一桩真实 179
谋杀案为脚本的。它事实上与李洛写于1736年的《致命的好奇心》极其相似。那个剧本源于康沃尔的一桩真实谋杀案。一对父母杀害了一位陌生人，但这个人实际是他们的儿子，他们杀人的动机是获取此人从印度带回并寄存在他们家中的一盒珠宝。在儿子的身份被发现之后，父亲杀死了妻子，然后自杀。

最让我感兴趣的不是这两个故事在情节上相似，而是它们在情感结构上相似。李洛的戏剧是资产阶级悲剧最早期的代表。由于对金钱这个唯一通行货币的抽象强调，当时人与人之间的关系，特别是家庭关系在现实生活中出现了破裂。该剧可以被看作是对这一现象的反应。然而，即使它属于这种反应，它还是经过掩饰的。对这一认识至关重要的是，在大多数早期的资产阶级悲剧中，一种名为命运的东西突然被看成起积极作用的因素。死者竟然是儿子，多么可怕的命运！然而，毁灭的因素实际上是金钱。这不仅仅是贪婪（那种划分出另一个有罪阶级的道德上的偏差），而且还是受金钱统治的社会中对钱的需要。李洛剧中的父母是穷人。在加缪的剧中，妹妹的需要是到有太阳的地方去，这样她就可以充分地生活。大家都知道金钱造成的生活挫败感是悲剧，但它的具体运作却被称为命运。在李洛的作品中肯定有一种错误的意识起了作用（我认为加缪的作品也是如此），使得对这一问题的认识模糊不清。认识并命名比较具体和暂时的矛盾不是逃避生活的永久矛盾。相反，把前者说成命运却是逃避。

这个问题也出现在加缪的作品中。如果我们回顾一下《卡利古拉》，就会记得这个人的专横有点像恺撒的本质特征。如果暴君的权力要在如此之广大的范围内得到实施,它就必须乔装成天命。这样看来,命运的面具也是一个逃避的过程。即使在《局外人》里,默尔索的处境在一定程度上就是阿尔及利亚的处境。加缪在他的小说和杂文(如《阿尔及尔的夏天》和《回到提帕萨》)中令人信服地着重描写了这个国家的地理环境,尤其是那里炫目的太阳以及青春过后人生没有任何追求的感觉(一种完全感性的文化使青春以后的生活变得毫无意义)。被默尔索杀死的
180 毕竟是一个阿拉伯人。

即使对这么一个诚实的作家,我们还应该提出最困难的问题。对任何人来说,他自身的特殊状况总是绝对的。如果不这么看待问题,就等于否定现实中的人。然而,把绝对的状况说成普遍的又是另一回事。我们必须提问,在从绝对向普遍这一由于艺术的感染力而几乎不被人注意的转变中,有多少修辞(或者说带有欺骗性的修辞)起了作用。这个问题在加缪身上特别微妙,因为对普遍状况的强调确实是他的人道主义反抗中特别有价值的部分。

问题的答案或许在于从绝望向反抗的转变,即从流亡者向反抗者的转变。加缪曾经做过下面一段精彩的描述:

> 在荒诞的经验中,痛苦是个人的。然而,反抗的运动一旦开始,痛苦就被看作一种集体的体验,即每一个人的体验。所以,当一个人被事物的怪诞所吞噬时,他首先应该意识到,这种怪诞的感觉每个人都有,而且整个人类都因为自己与他人之间的分隔而受苦。

他还说:

> 假如人只能个别地认识价值而无法共同地参照它们,那么,他们之间就不可能有互相理解。反抗者要求这些价值被明确看作自

> 己的一部分，因为他知道或者感到，假如没有这些价值，罪恶和混乱就会横行世界。对他来说，反抗似乎就是要求明晰和统一。最初始的反抗也不可思议地表达了对秩序的渴望。

艺术家的思想和言论也在反抗之列。这种普遍状况叫做：

> 我反抗，所以我们存在。

艺术家的处境现在是这样：

> 无论他喜欢与否，艺术家再也不可能是一个单独的个体。就连他那种忧郁的胜利，也归功于其他艺术家。反抗的艺术最终也揭示"我们的存在"，以及通往大谦大卑的道路。

这里的一切都有赖于如何定义反抗，所以我们必须对此作一番考 181
察。加缪作品中从个体苦难到集体苦难的转变尤其重要。在《误会》里，这种转变仍然停留在修辞上；在《鼠疫》中，它变成了令人信服的事实。换句话说，《误会》是个体荒诞苦难的堆积，《鼠疫》则表现了集体受难的共同过程。区别这两种状况是我们的中心问题。

在鼠疫发生之前，奥兰的人性是建立在习惯之上的。人们工作、恋爱和死亡，

> 其狂热和随意程度一如既往。事实上，每个人都觉得无聊，忙于培养自己的习惯。

他们先是彻底拒绝接受鼠疫这一事实，后来开始将其纳入那些日常的习惯之中。然而，瘟疫的全面肆虐最终还是打破了日常的社会意识。在

无缘无故的集体性死亡面前，奥兰的居民就像出自

> 同一个家族。……那些男人和女人终于露出他们长期扮演的角色的特征：他们是移民，他们的面孔和衣服先后诉说了他们远离家园的长期流亡。

正是在这一共同流亡的背景下，雷欧表达了他与众不同的反抗：

> 每当他想在受尽鼠疫折磨的众多声音中加进自己个人的音符时，他意识到自己的痛苦无一例外是与其他人共同的。在痛苦总是与孤独相伴的世界上，这是一个有利条件。因此，他完全有责任代表大家说话。

在鼠疫期间，他认识到：

> 人身上有更多的东西值得赞赏而不是鄙视。

然而，虽然痛苦和流亡的感觉是普遍的，但反抗在本质上并非如此。鼠疫结束所带来的狂喜和平等博爱的感觉过去之后，人们的确会忘记这一切，并继续他们的习惯。

> 他要讲的不可能是关于终极胜利的故事。它只能是一个记录，
> 讲述已经完成和将来必定还要做的事情。虽然那些人在与恐怖的
> 182 瘟疫及其无情的肆虐进行的永不休止的斗争中饱受个人的痛苦，
> 而且不可能成为圣人，但他们还是拒绝向瘟疫低头，并竭尽全力去
> 医治伤痛。

加缪的悲剧性人道主义的真正含义在此一目了然。这种人道主义是持久不懈的：它不愿绝望，为的是救死扶伤。当然，悲剧存在于那种应该遭到反抗的普遍状况之中。那里大多数居民的绝望和承担都被习惯拒之门外。习惯可以被打破，但它总是会卷土重来。

由此看来，虽然痛苦是真正集体性的，但反抗却一定是个人性的。自由主义悲剧的最后节奏又一次被听到。历史从根本上改变这一普遍状况的可能性遭到了婉转的否定。反抗和革命于是被严格地区分了开来。

这一重要的区别也出现在《正义》之中，但这里的情形更为复杂。瘟疫带来的苦难可以被看作非历史的外部事件，它最多只是冷漠和疏忽的产物。与此相反，卡里耶夫及其同伴奋起反抗的苦难无疑是历史造成的，那是沙皇的暴政。然而，按照加缪的解释，他们的造反和恐怖行动还只是反抗，而不是革命。他们行动的价值在于自我否定：

> 他们唯一明显的胜利至少是战胜了孤独和虚无。在一个被他们否定但同时也拒绝他们的世界上，他们像所有勇敢的人一样，一次又一次试图重建人与人之间的兄弟关系。他们互相给予的爱即使在沙漠般的监狱中也给他们带来幸福。这种爱播及广大受奴役的沉默的同胞，显示出他们的痛苦之深，希望之高。要实现这种爱，他们必须先杀人。为他们无邪政权的诞生，他们必须接受一定程度的罪责。这一矛盾只有到最后的时刻才能解决。

因此，他们的恐怖行动的价值不在于普通意义上的任何历史性开端。他们经历这一矛盾的全过程：暴力既不可避免，也没有理由。对他们来说，像革命者那样求助于历史意味着逃避生活中的现实张力。所以， 183

> 他们想出用自我奉献使自己的行动正当化，并以个人牺牲来

> 回答自己提出的问题。与此前所有的反抗者一样,杀人与自杀对他们来说是同一回事。一条生命用另一条生命来偿还,这两个牺牲会产生某种价值。

这里的加缪与帕斯捷尔纳克在情感上非常接近，只不过前者对行动有一种直接的承诺,而不是在明显妥协的前提下接受牺牲。对加缪来说,《正义》中的斯德潘代表了下一个灾难性的阶段。他准备充当革命者去杀人,但不愿奉献自己的生命。他会用生命去冒险,但不是要牺牲生命。因此,他接受的是一个加缪认为无法容忍的罪恶,即借助历史来逃避现实。

加缪在此触及了我们对悲剧的思考中的一个绝对核心的问题。他令人信服地揭示求助于历史是一个常见的谎言。他还正确地指出这样做是把抽象的东西置于真实生活之上。然而,这里存在着一个令人费解的现象。加缪似乎一次又一次从某个历史行动中汲取大量情感,但最后总是将它置于历史之外。这种历史之外的历史感一直令人不安,因为我们最终必须正视一个事实:虽然历史是一种抽象,但它仍然是对我们自己和其他人现实生活的抽象。如果我们过分拒绝历史,把意义局限于个人的知识和信念,这实际上等于拒绝他人,这也可能是逃避甚至同谋。

也正是因为这一点，加缪与萨特之间的著名争论在我们这个世纪的经验中变得尤为重要。萨特批评加缪具有“一种旨在否认时间的辛辣智慧”,而他对历史苦难的反抗只是表面文章。萨特还认为加缪更加关心的不是结束苦难,而是要找到一个令他个人满意的立场:在精神层面上反抗永恒的不公正。萨特的批评显然不无道理，但他忽略了令加缪“个人满意”的根本条件:“我反抗,所以我们存在。”真正的个人声音不仅谈论普遍状况,而且还为它代言。

184 上述观点从根本上讲是含混不清的,其中的原因有两个。首先,正如我们可以从萨特的早期作品中看出，他对于荒诞的认识与加缪是相同的,而这正是精神反叛者的出发点。再者,当萨特谈论历史的时候,他实际上采用的是马克思主义的历史观。具有讽刺意味的是,加缪在争论时也是这样做的。所以,虽然他们的争论有时看上去是两种绝对立场的对抗,但实际上只是两种相关立场及其后果的一系列变化。

早在《苍蝇》中,萨特已经创造出他自己的那种精神反叛者。俄瑞斯忒斯的行动就是对悔恨和绝望的否定，它同时还否定了任何超人的秩序:

> 你的整个宇宙都不足以证明是我错了。你是众神之王,山脉和群星之王,海洋的波涛之王,但你不是人类之王。

俄瑞斯忒斯愿意为自己的反叛承担后果,也因此而获得自由。同时,他通过这一个人行动把自己的城市从蝇群和流血中解救出来。按照这一古希腊故事的形式，他是一个命中注定要采取果断行动的人。这样一来,精神反叛者也可以被看作救世英雄。在加缪的《围困》中,狄雅戈具有同样的双重角色。

那个更加棘手的问题出现在《情杀》之中。这里的挑战不是瘟疫,而是历史。这部作品可能有些混乱,这肯定与萨特本人后来所作的评论有关。在一定程度上，我们可以做出常见的弗洛伊德派对历史行动的解释:雨果无法依据社会的理由去杀害霍德尔,但他可以出于个人的妒忌这样做。社会的理由本身又因为霍德尔从党的叛徒变成党的英雄而含糊不清。这部戏剧似乎想说,历史实际上是由这些角色的讽刺性逆转以及含混的动机构成的。这样一来,真实性就与个人的意图有关,它是当事人赋予自身行动的意义。其他意义必定是次要和含混的。如此看来,这仍然是反抗的道德,而不是革命的道德。个人的意义可以申明,并通过为之献身而得到肯定,但除此以外,不存在有效的意义。

萨特希望转变这一立场的努力值得重视。在《死无葬身之地》中,这 185

一基本观点已经初见端倪。抵抗运动的价值不容置疑,但导致这组战士被被俘的那次具体行动可能欠考虑。亨利杀死可能泄密的男孩的动机值得怀疑,或者已经受到怀疑。在被俘后流放和绝望的极端情况下,他们必须做出决定,要么英勇就义,要么采取有限的行动以求继续对自己的事业有用。凭借一种集体的道德,他们做出了生存的选择,但最终还是被一个完全不可思议的残酷谎言所杀害。

这一朝着实用道德的转变在《魔鬼与上帝》中有进一步的发展。格茨在剧中意识到,在一个没有上帝的世界里,在一个社会剧烈动荡的时代,我们的主要承诺并非不可能实现的美德,而是解放的事业。这也是《正义》中卡里耶夫及其同伴所得出的结论。然而,他们解决问题的方法有着本质的不同。格茨承担了来自相同矛盾的压力,但他是通过行动,而不是自我牺牲来加以解决的:

> 既然我没有其他方法来关爱他们,我要让他们饱尝恐怖;既然我没有其他方式来俯首遵命,我要让他们听候使唤;既然我没有其他途径与每一个人在一起,我要在空旷的天穹下独自一人。这场战争在呼唤,我要去参加。

这就是从反抗到革命之发展的完成。

萨特与加缪的分歧正是发生在这一转折点上。对萨特而言,要取得任何个人的绝对真实性,就必须接受革命。而如果要革命,就必须推行政治现实主义,必要时还应该采取暴力手段。加缪则继续坚持将反抗与革命区分开来,并把后者看作是对真实矛盾的混淆。

> 反抗要求统一,而历史革命要求整体。前者的出发点是“肯定”基础上的“否定”,后者的出发点是绝对的否定,并因为追求未来的终极肯定而失去一切自由。一种立场是创造性的,另一种则是

虚无主义的。

这一观点固然重要，但我们不可能不看到它所提供的论据实在是太狭隘了。这不仅因为加缪把革命等同于必定奴役他人和摈弃现有价值的那一种形式，而且因为萨特在为革命辩护时过分强调它的暴力。事实上，暴力在许多情况下似乎不仅是必要的，而且具有净化的功能。赞成也好，反对也好，两位作家都把历史革命与某种强行的暴力画上了等号，他们的佐证当然来自本世纪的大量经验。 186

我们还应该注意到，这一特殊的色调似乎是两位作家在创作实践中所坚持的人生观的延续。如果将萨特早期的《密室》与最后的《阿尔托纳的幽禁者》作一比较，我们会发现他在后一部戏剧中增加了政治的内容。除此以外，这两部戏剧与皮兰德娄的观点相同，认为人不可避免地会相互毁灭和挫伤。虽然《阿尔托纳的幽禁者》中的毁灭与挫伤确实与资本主义和帝国主义战争有关，但这究竟是主要关系还是次要关系我们无从说起。假如人是《密室》所描绘的那样(几乎所有萨特的作品都证实这是他的观点)，要相信革命不是虚无确实很难。即使这种堕落在政治层面上被归咎于古旧的文明，而道德纯洁被赋予现在进入历史的新人，人们很难不把这种做法看成仅仅是一个伎俩，因为他们历来相信人之初性本恶。跟随这一简单投射而来的神秘主义必定是毁灭性的。如果加缪对此有过质疑，他那样做是对的，他也有权坚持要求某种当下的肯定。

把人之初性本恶说成一种信念也许有些过分。事实上，它无法得到精确的证明和讨论。我们只能关注萨特所实际列举的那些生活，而且必须看到它们非常消极。他在这些证据面前仍然勇于相信自由和支持革命的事实虽然重要，但不是关键。在这一方面，加缪并非他最严厉的论敌。应该承认，加缪所做出的肯定也许非常有限，但它们更加贴近。与萨 187
特完全不同的是，在他对残酷现象的否定和对肉体存在的愉悦中，我们能够听到一个积极人道主义者的声音和语调。然而,他同样一开始就假定或经常得出人类状况与上述人道主义相违背的结论。[①] 这是两位作家悲剧观念中的共同点,直到很久以后他们分道扬镳,其中一位成了带有悲剧色彩的人道主义者,另一位成了带有悲剧色彩的革命者。

具有讽刺意味的是,如果否定先验价值,继而承认人性的缺陷,我们对经验的解释似乎既是形而上学的也是特定历史阶段的产物。它所假定的矛盾看似是中性的,但实际是偏颇的。生命不仅被死亡否定,而且通过生育得到延续。只有当假想的非理性不仅处世漠然,而且以人为敌的时候,人的理性头脑才与宇宙发生冲突。这种关于自然的假定实际上是晚期的资产阶级进化观,它非常靠近所有这些作品的创作根源。事实上, 生与死的冲突被局限于带有深刻资产阶级哲学特点的个人意识之中。在这样的经验中,“我存在,我将会死亡”似乎是绝对的。但加缪有时候能够勉强认识到,“我们存在”永远是可以选择的命题。如果情况是这样,那么,“我们存在,我们不会死亡”实际上就是解决方案,一种许多人在实践中已经做到的方案。正如生与死的经验被那种下意识的假定局限于个体乃至孤立的经验之中, 大自然也被一个相关的假定转换为某种舞台。类似的转换过去确实经常发生,但这一次制作人却不见了。那个被认为客观存在的宇宙,实际是一个超自然宇宙的影子。目的的缺失之所以影响重大,是因为人们对目的的记忆和否定。在许多情况下,无神论仅仅是邪说,而不是真实的信仰。人们经常添加的敌对情绪与这
188 一点有部分关联, 同样与之有部分关联的是人类长期探索中那个所谓

① 加缪在他带有悲剧色彩的人道主义作品之后能够写出《堕落》实际上并不让人感到意外。他抽象出一种人的永恒状态,这个以二十世纪面貌出现的手法很独特,恰好与一种虚假成熟和逃避性质的反讽形成对照。无论是真是假,那里的第一人称叙事使得从个人悔恨到集体悔恨的转变成为可能。这是一种修辞手法,也可能是隐藏在文学姿态背后的一种保留。作为一次精心策划的从人道主义的撤退,这部作品与米勒的《堕落之后》有很多相似之处。

“征服自然”的阶段。资产阶级和资产阶级马克思主义认为自然是征服的对象，存在主义则认为自然是冷酷无情、桀骜不驯的，它们都不包含一种共同的过程或共同的生活。这一点与个人主义如出一辙，所以必定会走向绝望。这样的理论困境长期束缚着我们的思维。在我看来，加缪和萨特的作品正是在这些困境中痛苦挣扎的突出新例。无论是反抗，还是革命，他们得出的结论只在限定自己思维的困境之内才有说服力。

经常有人说二十世纪不可能再产生悲剧，因为我们的哲学假定是非悲剧性的。用来反证这一说法的例子往往是启蒙时代和文艺复兴时期的人道主义。我已经说过这种做法是徒劳的。我们今天关心的不再是那种类型的人道主义。更加值得我们注意的是，马克思主义、弗洛伊德主义和存在主义这三种各不相同的新思想在最基本的形式上都带有悲剧色彩。人只有在暴力冲突后才能够生活得圆满；人虽然身处社会，但原则上永远得不到满足，他自身也充满矛盾；人在本质荒诞的处境中被无法承受的矛盾折磨。有了这些贴近大众的思想以及许多后人对它们的综合论述，大量悲剧作品的实际问世就在意料之中。至此，我们已经考察了加缪的悲剧性人道主义和萨特的悲剧性承担。他们叙述的所有经验无疑属于我们的时代，至少这些人物不再是阿特柔斯的儿子们。但是，我们迟早还要回答这样的问题：我们是否已经真正走到了尽头？这难道是我们在共同苦难的重压下想说的最后一番话？ 189

七
对悲剧的否定
布莱希特

对悲剧的否定有许多动机，而且表现形式不一。就布莱希特而言，我们在他不同的创作时期发现至少两种对悲剧的否定，我们还发现旨在创造新的戏剧形式的一系列尝试。在这一复杂的发展过程中，对苦难的反应至关重要。布莱希特在题为“致后来者”的诗中写道：

我的确生活在黑暗的时代！
真话成了荒诞。舒展的眉宇表示
铁石心肠。有人在笑
是因为没有听到
可怕的消息……

我在混乱之时来到城市
饥饿无处不在。
我在起义之际来到民众中间
与他们一起造反。
我的有生之年
就这样流逝。

我在大屠杀的间歇中进食。
杀生害命的阴影笼罩着我的睡眠。
即使在爱的时候,我也麻木不仁。
在观看自然的时候,我没有耐心。
我的有生之年
就这样流逝。

在我生活的时代,街道通向陷阱。
言语将我出卖给刽子手。
我非常无奈。然而,倘若没有我,
统治者会更加安全。这是我的希望。

在这里，我们清楚地看到欧洲现代悲剧对深重苦难的意识。这不是夸张,而是准确和真实的描绘。

如何看待我们或多或少经受过的苦难,是理解当代文学的钥匙。布
莱希特至少表现了其中两种态度:一,他把苦难主要归咎于政治制度; 190
二,他在与苦难的斗争中找到希望。然而,情况并非从来如此。在他的早期作品中,布莱希特以其特有的感染力表现了另一种主要的态度:他对公共美德与公开谋杀、公共道德与社会贫困的同时存在感到心灰意懒。在他写于十九世纪二十年代的作品中，我们看到的是由这一根深蒂固的现象所引起的典型的心灵的病态麻木。与大多数人的态度不一样,这种麻木不是对现状的默认。它是为了防止同情心被滥用而故意装出来的冷酷,它是对脆弱内心的掩盖和隐瞒。如果苦难的内容以其自然的形态出现,目击者会被冲垮,因为他将参与其中。作为参与者,他只有通过某种积极的原则去谴责或理解苦难,但找不到它。原则似乎是被他否定的那个世界的一部分。邪恶的制度受到虚伪道德的保护。两者间的平衡总是很微妙，对道德的批判看上去可能比对制度的批判更加容易和清

楚。道德属于病态麻木的事实于是导致一个辛辣的讽刺：

> 你看，我的工作是想方设法唤起人的怜悯心。有一些事情能够触动人的怜悯心，确实有一些，但问题在于，使用了几次以后，它们再也没有效果。人类具有随时随地使自己变得冷酷无情的可怕能力。比如说，当某人在街角第一次看见一个人缺一条胳膊时，他会感到如此震惊，以至于送给这个残疾人六便士。但第二次他只会给三便士。当第三次见到这个人时，他会无情无义地把他交给警察。那些精神武器也是如此。
>
> ［一块大木板从吊景区徐徐降下，上面写着“付出比接受更加幸福”。］
>
> 假如这些最激动人心的美好格言这么快就失去效用，把它们写在最引人注目的板上又有什么用呢？《圣经》里有四五句名言确实感人肺腑。然而，它们一旦失去效用，一个人就丢了生计。

这里关键的反讽在于，说这番话的皮坎姆在《三毛钱歌剧》中开设乞丐商铺，他把怜悯当生意做。但结构性的反讽更加深刻，因而也更加容易
191 被忽略。作者假定人具有“随时随地使自己变得冷酷无情”的能力。这不仅是对利用怜悯心的投机商人的批判，而且是这位剧作家一贯的悲愤假定，从而构成他独特的思想状态：如果人性如此，谁都可能被怜悯和苦难欺骗；如果怜悯可能利用我们，即使我们最不愿意也得承认这一点。

价值被一个虚伪的制度严重扭曲，生活在其中的人不得不采取一种刻薄而冷漠的新姿态。他们需要的不是怜悯，而是直接的震撼。布莱希特写于二十世纪二十年代的剧作流露的是坦诚而杂乱的悲愤情绪。这里的伤害如此之深，它需要新的伤害，它是一种要求别人愤怒的愤怒感。这一情绪非常强烈，因而经常表现为最不雅观的生理意象：对唾沫

和粪便的厌恶要求作家去暴露和处置它们；对虚假爱情的反感导致作家去描写妓女。许多作家使用过这一简单的揭丑手法。他们把目光转向妓女和罪犯，以表明道德的悲剧性崩溃。在乔伊斯、马雅可夫斯基和布莱希特的作品中，我们可以清楚地看到类似的爱好与憎恶。在两次世界大战之间，尤其是二十世纪二十年代，先锋派作品大多把揭露丑恶和公开反对道德视为创新举动。布莱希特的姿态比大多数人更加坦率，而且承认很难做出与之不同的对苦难的反应。例如，《三毛钱歌剧》被当做或解释为体面的资产阶级社会的肖像。如果所有财产都是赃物，财产制度无情而又虚伪，那么，小偷和妓女就是一个假装体面的社会的真实而令人震惊的写照。看到这一点所带来的震撼将穿透根深蒂固的虚伪意识。

这当然没有发生，其中的原因不难找出。在虚伪的体面社会中，最可预见的事情莫过于有意识地欣赏被有效控制和拒之门外的下层生活。所有这样的作品最终都被发现是传统道德观念的保护。小偷和妓女是允许从业的类别，受到压抑的不道德行为很容易被投射到他们身上，受到压抑的良心也通过他们得到安全的控制。当他们被呈现在体面的戏剧观众面前时，真正的震撼不会发生，因为他们被看作仅仅是一个特殊的阶级或区域。因此，我们一次又一次自觉地观看触目惊心的场面， 192
连一个假装愤慨的人也没有。我们只是靠着椅背欣赏表演。

在《三毛钱歌剧》中，布莱希特陷入了由他自己造成的两难境地。观众越是靠着椅背欣赏这类行动，他们日常的人生观就越安全。在该剧发表之际，他写道：

> 这是观众希望看到的生活内容的某种总结。然而，由于他们同时看到一些自己不希望看到的东西，因此，他们还将看到他们的愿望不仅得到实现，而且还受到批判……从理论上说，他们能够赋予剧院一种新的功能①……必须采用综合认识的方法……超越剧情

① 与几乎所有上个世纪的重要剧作家一样，布莱希特知道对剧院“新的功能”的最大

> 发展的思维比局限于剧情发展的思维更加重要。

“从理论上讲”是对的。布莱希特在综合认识中找到了自己的理论，但却没有在真实的戏剧中实践它。他认为自己的“史诗风格”会强化超越剧情发展的思维，而“亚里士多德戏剧”的“叙事风格”会强化“局限于剧情发展的思维”。(从历史或文学批评的角度看，这些术语没有什么意义，但它们标志了布莱希特的创作发展。)他希望通过间离效果将观众推入“边轻松抽烟，边欣赏戏剧的状态”，但他自己却糊涂不清，没有拉开距离，看戏或思考时并不轻松。事实上，这部戏剧显然属于“观众希望看到的东西”：罪恶和冷漠不是结构性的社会问题，而是剧院区的浪漫生活。毫无疑问，许多投机商(已经得到认可的作家和艺术家)在这个区域设有代理。这就使犯罪与邪恶变成多姿多彩的戏剧题材，并且被简单地疏远，从而使虚伪社会能够逃避自我审视。我承认布莱希特从来不是他们中的一员，但他有一段时间在一个相邻的区域里安家，那里的苦难也被
193 盖着面具。他选择了一种传统的情感反抗姿态(现在仍然有人这样做)：面对不道德的社会，苦中取乐的专业人士可以将不道德的东西作为事情的真相加以展示。在《三毛钱歌剧》中，在数不清的屏幕上和剧本里，人被冷酷无情地买来卖去，偶尔有人虚情假意一番，但其间始终不乏生动，不乏机智，不乏音乐。这当然是生活，因为只要音乐还在继续，谁有胆量说“生活不应该那样”，或“生活不必是那样”？即使他找到这些词语，他仍然是一个幼稚的说教者。这里的现实寓意在于，我们都会假装比原来更加活泼和聪明，并不断散布无情无义的废话，说什么热心肠的妓女和迷人的骗子至少是诚实的，他们看透了虚伪，不用依靠陈词滥调

阻力来自“剧院本身”：“我们今天看到剧院而不是具体的戏剧被赋予绝对的优先地位。剧院设施的优先就是生产方式的优先。这种设施抵制任何向其他目的的转变，它的手段是立刻吸收和改造在这里上演的戏剧，使得它们不再代表剧院设施中的异体。剧院可以上演任何东西；它把这些东西剧院化了。”

来表明自己的诚恳。

就这样,否定“传统道德”以达到“震撼”效果的作家成了令人羡慕的富人。这并不矛盾:他为国家效了力,尽管他想否定这一点。人间的邪恶被遮盖了起来,苦难只是不健康的旧时玩笑。愤慨本身已蜕化为传统,它甚至会带来道德稳定。只是麻木的状况会如此普遍,以至于一个更厚颜无耻的社会可以继续强求稳定,并且用暴力阻止变革。它的权威不会受到挑战,因为原有的道德储备已经被故意耗尽。

反对在有产社会里发生激烈变革的法西斯主义为这种社会提供最大程度的保护,并且它在很大程度上就依赖于这种苦中取乐的态度。过去通过想象和传统来表现的东西,现在可以付诸实施了。但布莱希特本人最终没有这样做。他走了一条相当不同的发展道路。他以为自己看透了传统的制度,可是他的那种认识是对抵抗和造反的拙劣模仿。社会是虚伪的,道德教化道貌岸然,仅此而已。他后来意识到,这时候你并没有真正看见什么,什么也没有看透,因为你看见的只是社会希望你看见的东西:“先温饱,后道德。”布莱希特把它称为资产阶级道德,以为这就与它保持了距离。然而,这一方法在《三毛钱歌剧》中如此无关痛痒,它实
际产生了纵容的效果。把对现代资本主义的情感转移到一群伪十八世 194
纪的小偷和妓女身上不过是一种逃避。真正的超脱和真正的间离需要新的原则和新的起点。

布莱希特关于“综合认识”的思想就是他的新起点。然而,为了躲避危险,他有一段时期走了另一条路。他主张以真诚社会的理念反对虚伪社会,并通过简化自己的情感和戏剧第一次主动接受了这个原则上的对抗。《屠宰场里的圣女》是一部承前启后的作品。琼·达克在芝加哥劳工运动中的慈善活动不仅被表现为掩盖罪恶和剥削的虚伪道德,而且呈现为被自觉摈弃的情感。取而代之的是一种新的强硬态度:

有人说,虽然身陷淤泥,

> 他们的精神会得到提升。说这种话的人
> 应该把自己的头往路面上撞。不会的!
> 在武力统治的地方只有武力才能解决问题……

说了这番话,琼当然先是受到压制,后来又因为早期的慷慨和纯洁获得圣人的称号。布莱希特后期的复杂思想在此可以略见一斑。但不久之后,这一新的积极态度就占据了主导地位。在《措施》中,布莱希特提出一种他所理解的革命道德:(党的工作者在苦难的感动下努力展开救援和局部改革,)他表现出过多人与人之间的同情,危害了革命的事业,应该被处决。然而,这不是什么善良转变为自身对立面的辩证过程,而是在认识到善良之后立即对它的自觉否定。我们必须用奥威尔对奥登的《西班牙》里一行诗的评论来描述这部戏剧:

> 自觉接受必要的谋杀所带来的罪恶……只有把谋杀看作不过
> 195 是一个词语的人才能写出它。①

革命暴力的复杂问题无法用其中任何一个简单公式来解决。选择杀人的沉重负担在经验中是悲剧性的,而把它归结为程式化的强硬姿态不过是固执而已。事实上,关于这一姿态最重要的评论来自文化而不

---

① 奥登的诗以及奥威尔对它的评论还有几点值得我们注意的地方。谋杀通常是个人的行为或具体犯罪形式的的一部分。当然也有政治谋杀,但这些只是政治暴力之普遍事实的一个方面。奥登也许故意将问题简单化,以适应他所处时代的规范,但奥威尔也这样,只是方法不同。我们可以作一个有趣的想象,把那行诗改写为"自觉接受必要的杀人所带来的罪恶",然后问有多少人实际上不赞成这样做。我认识的大多数人和我所听说的大多数仁慈的自由主义者一次又一次地接受这一意义上的杀人:从德累斯顿到广岛,从斯坦利维尔到岘港,到处都是例证。如果奥登的承诺太容易、太廉价,奥威尔和其他人出于仁慈考虑的反对意见也是如此。

是政治领域。这一脆弱的文学声音定下的杀人调子看上去是反浪漫主义的，但其实是早期不受约束的、堕落的、反常的浪漫主义。作为一种文学脉络，它直接源于苦中取乐的无道德主义，并且与后者具有同样的、劝说别人将真实经验拒之门外的能力。虽然这个文学革命者大谈杀人是必要的，但他实际上是我们过去的熟人：那个诚实的罪犯或慷慨的妓女。这种堕落与人们误以为存在的积极反应之间的联系一直被普遍忽视，因而很危险。

布莱希特的不平凡之处在于他能够超越这一立场。正如晚年的奥登所显示，向后退步很容易。对爱的强调看上去可能像进步，但它经常完全脱离那些肯定和争取爱的人类行动。这样一来，对爱的解释和重视就与人性没有关联。然而，布莱希特超越了这两种公式，他能够看到事情的真正复杂性，看到个人的美德与社会行动之间的联系和冲突。正是这一层面的经验和感觉需要他的综合认识方法。《大胆妈妈和她的孩子们》是这一类新作品中的第一部。但在讨论这一方法之前，我们不妨考察一下《四川好人》。这样做更加方便。

在这部戏剧中，布莱希特邀请我们审视好人在邪恶社会里的遭遇。
他不作断言，只是通过剧情加以展示。与布莱希特早期作品中的部分人
物一样，沈黛起先以善良妓女的传统形象出现（在一个异化的社会里，
最异化的人就是好人），但这与主要行动几乎没有关系。通过沈黛，布莱
希特企图展示上帝和人是如何利用善良的。如果善良不起作用，而只是
被利用和滥用，人的意识就会发生分裂。唯一不变的出路是牺牲：就像 196
基督一样，接受牺牲可以带来拯救。布莱希特否定了这种做法，他也不
同意苦难会使我们高尚起来的说法。基督毕竟是凡人与上帝共享的儿
子，他的行动的意义最终有赖于某种超人类的安排。布莱希特已经拒绝
了超人类的安排，他也有勇气拒绝牺牲的戏剧情感。究其原因，牺牲同
样在人的游戏中不断被利用。（他可能意识到牺牲在《措施》里曾经被利
用。）烈士的标志是他已经死亡。经过对他的高贵地位一番趋炎附势的

吹捧，生活可以将他抛在一边。正如一个糟糕的社会需要英雄一样，一种糟糕的生活也需要牺牲。通过戏剧视角的改变，我们不仅应该考察烈士的单独经验，而且还要关注他成为烈士的社会过程，因为这是我们这些非烈士生活的地方。我们在这里要提出一个极具争议的问题：如果一个人同意自己被残酷、冷漠以及贪婪所毁灭，他是不是对生命犯下了罪过？

布莱希特的成熟戏剧作品持续地关注这个问题。在《四川好人》中，善良在压力之下转向它的反面，又转变回来，然后两者共存。就个人而言，这种困境根本无法解决。这一点在对沈黛的刻画中得到简单而有力的表达。她使自己转变为强悍的表兄索达，起先只是装扮，后来却成了真实的独立存在。这样一来，经验就在一个人身上得到概括。它不是好人与坏人的对立，而是好与坏在单独一个人身上的不同表现。这就是综合认识，它与戏剧形式的结合很紧密：它通过人物生活态度的变化来展现选择和寻求决定。作品没有提出解决的办法。戏剧的张力自始至终存在，我们被正式邀请对它进行思考。我们可能用来掩盖冲突的那些日常反应在剧中其他人物身上得到清楚的表现，这样，我们既可以发现它们的不足之处，又不会无视冲突的存在。通常用来显示这种单一意识内部激烈冲突的表现主义戏剧方法在这里得到拓展，其他人物也在审视，但一般不将事情揭穿。诉讼诡辩法坚持让观众通过单一个人的行动和冲
197 突去了解世界，布莱希特实际上改造了这一方法。他的成功策略在于故意使个人的经验普遍化，进而依赖非个人的判断。他超越了常见的形式堕落（将其合理化的是一种暴露艺术理论，所有其他目的被认为是不纯正的），也超越了说教的粗俗答案。就其根本倾向而言，这部戏剧变成了一项道德行动。

尽管如此，《四川好人》仍然是一部次要作品，因为这项道德行动的内容缺乏创意。就在《大胆妈妈和她的孩子们》中，布莱希特找到了一种新的戏剧行动，它创造的内容在强度上与道德探索相当。把这一行动称

为莎士比亚式的不是过度赞誉。人和历史都生动地再现于舞台,远远胜过我们在多数现代剧院里经常看到的孤立和几乎静态的行动。戏剧的发生与解读是同步的。它不是“记住这个女人的故事”,而是“观察和思考这群人的遭遇”。

对这部戏剧的评论往往一开始就提出一个错误的问题:作者究竟要我们尊敬还是鄙视勇敢妈妈的为人?然而,这里的要点不是我们如何看待她那种泼辣的机会主义性格,而是我们从这一行动中看到了什么结果。通过展示一个真实的后果,布莱希特无论在戏剧形式上还是在思想上(两者在剧中并不可分)都将他的核心问题提升到一个新的层次。这一问题贯穿整个行动:在权力到处肆虐的地方,我们除了屈从、欺骗和苟且偷安,还有什么别的可做?正是做了这些事情(因屈从权威而伪装善良或到处行骗),一个家庭才遭到毁灭。这样看来,问题不再是“他们是否好人”(这是剧前或剧后的决定),也不一定是“他们本来应该做些什么”,而是“他们在做什么”,“这对他们有什么影响”。后一组问题更加精彩。

布莱希特的全部戏剧技巧都是为了引导我们去考虑这些重要问题。剧中的人物有时凶狠,有时慷慨,如此等等。这些内心冲突虽然是真实的,但它们不仅是个人的品质,而且是戏剧整体的一部分。这些冲突使得该行动始终保持开放的状态。这里没有悲剧的必然性,它既有别于 198
传统的悲剧性忍让,也不同于现代的悲剧性妥协。剧中的选择始终只是一种可能性,它的行动也因此不断得到展示和再现。它确实在任何时候都可能改变走向。接下来的行动是由人自身引起的,决非外部环境所致:

> 假如我们让自己过深地卷入这场战争,我们都将被撕成两半。

然而,不是被撕一次,而是多次。由此可见,这句话在很大程度上代表了

全剧的声音,它不仅从剧中人物那里获得支持,而且超越了他们:

> **牧师**:大胆妈妈,我明白了你怎么得到这个称号的。
>
> **大胆妈妈**:穷人需要勇气。理由是他们迷失了方向。在他们的苦难处境中,早上爬起来就不简单。他们在战争时期耕种土地同样如此。就连把孩子带到世界上来也表明他们有勇气,因为他们没有前景。他们不得不逐个地绞死或成批地杀死对方,所以,如果他们想正视对方,就需要勇气。

在直接评论的层面上,这大致就是该剧的行动。然而,对勇气和大胆妈妈的命名同时又扩大了它的范围。我们需要通过这个女人来审视自己,或审视她。戏剧以这一人物为中心,目的是审视一项持续的行动。

《大胆妈妈和她的孩子们》用戏剧形式表现了各种相互冲突的本能与幻觉,它还表达了尚未实现但有可能实现的开阔视野。聋哑女孩拼命捶鼓的场景恰如其分地将戏剧推向高潮:它是用鲜血捍卫城堡的绝望誓言。剧尾的这一矛盾现象是真正悲剧性的:聋哑女孩为生命代言,却被杀害;活着的人继续过那种夺取他人生命的生活。士兵们在最后的歌中唱道:

> 尽管不久就会倒下,
> 你仍然从床上起来,强作精神。

这是一项受到悲剧性意识启发的行动。《伽利略》中的情形正好与此相反,在那里,意识本身就是行动。

199 伽利略充分意识到自己的处境。从这个意义上讲,他具有受逼迫和唆使的人所没有的自由。在抽象层次上,他面临的选择看上去一样:要么接受我们的条件，要么遭受毁灭。然而，他的选择在细节上却很不一样。因为伽利略意识到自己的处境，所以他能够预见后果，并对此进行周密安排。此外，他代表的不仅是自己。他的存在本身意味着理性和解放。

与前面一样，这里的问题不在于“我们是否应该钦佩或鄙视伽利略”。布莱希特不提这个问题。他希望知道的是：当意识陷入个人与社会道德的两难时，会产生什么后果？在个人的层面上，伽利略的屈服可以被理解为他在争取时间以继续工作。但这一解释忽略了他工作的目的。如果科学的目的是让所有人都学会怎样把握他们的世界，那么，伽利略的背叛就非常重要。在布莱希特看来，使工作脱离它的人类目的就是对他人的背叛，因而也是对生活的背叛。说到底，我们考虑的不是伽利略本人，而是这一后果。

这一争议在剧中引起思考，它不是作为一个问题，而是作为一个活生生的行动。布莱希特的马克思主义有时被说成一个障碍，或者充其量与他的戏剧毫不相干。然而，他的戏剧行动恰恰在于以这种方式考察世界。我们习惯于看到烈士，看到与社会发生冲突的个人，但我们不习惯于用这一大相径庭的方法来审视通常借助陈规加以应对的经验：

> 我们可以不与大众接触而继续当科学家吗？天体的运动变得越来越清楚，但对普通大众来说，他们主人的行动却仍然不可捉摸。……随着时间的推移，你可以发现所有应该发现的东西，而你的进步只是背离人类的发展。你与他们之间的沟壑有一天会变得如此巨大，以至于你的新成就所带来的欢呼跳跃会引起普遍的恐惧。

应该承认，因为受过不同意识的训练，我们很难将该剧还原为另一种意义。我们也可以更合理地认为，这个清晰的结论只在那一段话里，而不在戏剧的整体之中(第二种说法比较容易接受一些)。但在阅读伽利略故事的时候，我们显然有自己关于那个自由主义烈士的极具影响力的
200 形象,因而看不清作品的真实内容。应该说,这部戏剧本身的意义从头至尾都是清晰的。这里的声音不仅来自伽利略,而且来自整个戏剧。按照这种思路,伽利略第一次发言就为后来的道德行动定下了调子:

> 最庄严的真理即将被发现;从未被怀疑的事情现在受到怀疑。正因为如此,一阵狂风大作,甚至掀开王子和教士绣着金边的衣服下摆,暴露了跟我们一样的肥腿和瘦腿……我预料,在我们这个时代中,人们可以在街市中听到关于天文学的讨论。就连渔民的儿子也将能够上学。

接下来是展示望远镜的场面，其中威尼斯大宝库的总管说了这么一番话:

> 艺术巨著中又有光辉的一页是用威尼斯的文字点缀的。一位名扬四海的学者在此向你们,而且仅向你们,展示一个很有市场价值的圆筒,你们完全可以按照自己的意愿进行生产和市场开发。你们是否想到过,在战争时期使用这一工具,我们能够比敌人早整整两个小时发现敌船的构造和数量?

这里的对立应该说是显而易见的。如果我们没有注意到它,这是因为我们坚决只对其他事情感兴趣。最后一场涉及《关于两门新科学的对话》的手稿,它跨越边界,看上去像一种富于浪漫色彩的解放,除非我们还注意到在车边玩耍的男孩们仍然在谈论女巫。

这些事实的共同存在始终是该剧的要点。我们越是被其中的一方所感动,就越是为另一方感到羞愧。伽利略相信普遍的和人道主义的科

学观,却受制于另一种观点:他还必须对供养他的统治集团保持忠诚,进而为市场和战争服务。这不是说他作为个人是一个伪君子,而是说由于现实的压力,他既体现了真实的意识,也体现了虚伪的意识。它们的共同存在是布莱希特希望我们认识的内容。该剧从接受虚伪意识这一哭笑不得的事实开始(要在现实世界中生存,人必须说谎),直至虚伪意识变成虚伪行动,它已经不是讽刺,而是悲剧。这好比大胆妈妈捡起她 201
的推车,却加入了战争。

说到底,这不仅是综合认识,而且是一种高度综合的情感。悲剧的一些古老含义无疑遭到了否定。这样的失败缺乏必然性或高尚的品质。它事关人的选择,而选择并非是一锤定音的;它事关持续的历史。布莱希特成熟作品的主要成就在于,他把历史重新作为悲剧的一个层面。戏剧发展多元方法的发现激活了历史感,使得戏剧行动在空间和时间上不再孤立,而且绝对不是"永恒不变的"。因为布莱希特此前一直为自己的静态意识所困扰,所以他不得不开始作这一转变。就这种历史行动的能量而言,文艺复兴时期的人道主义戏剧似乎达到了它创造力的巅峰。布莱希特的史诗剧一方面是对这些早期成分的重新发现,另一方面是现代思维对它们的改造。由于始终受到他自身的软弱、他的机会主义立场(这经常表现为戏剧创作上的投机取巧)以及他身上讥讽和粗俗的残留(这是他那个时代和我们时代的真正陋习)的限制,布莱希特在变革的道路上一直跌跌撞撞,但还是获得了部分的成功。我们不应该把他的作品曲解为现在时髦的对绝望的沾沾自喜,或者更方便地把它看作我们粗俗和防御性的玩世不恭。相反,当一个作家通过恢复历史感和未来感而恢复复杂多变的行动方式时,我们应该努力搞清楚这对戏剧意味着什么。

大多数现代戏剧所能得出的最好结论是:对,这就是历史。个别戏剧走得较远,它们惊喜地看到:对,这就是当今的现实。布莱希特最优秀的作品向往并到达了不可缺少的下一阶段:对,由于这些原因,当下的现实是这样;但这一行动仍在不断被重演,它可以不是这样。

在这最后的阶段中有一个陷阱，即我们很容易以错误的方式强调可以有不同的生活这一无可辩驳的事实。通过筛选事实和暗中缩减压力使生活即刻变得不同,那是在做宣传或广告。我们应该表现真实的过程,不仅要看到这一倾向,而且要看到那一倾向,从而使方方面面都得
202 到陈述。我们不仅应该看到苦难是可以避免的,而且要看到它没有能够避免。不只是苦难会压垮我们,它并不一定能压垮我们。布莱希特下面的原话准确地表达了这种新的悲剧感:

> 这个人的苦难遭遇使我震撼,因为它们没有必要发生。

这种情感正在扩散为一种普遍的立场，它是为现状感到震撼的所有人的新悲剧意识。因为受到震撼,他们坚定不移地致力于建立一个不同的未来;他们努力在苦难中认识苦难和消除苦难。这是一种全面的接触,因而也是全面的介入。悲剧本来可以避免却仍然发生,出于这种失败的压力,上述的情感结构正在艰难地形成。面对普遍死亡的恐惧,面对已经失去的人际关系,生命的意义得到了肯定,它既来自切身的苦难,也来自人际关系恢复后的快乐。布莱希特《致后来者》一诗的结尾正是这种肯定的开始:

> 因为我们非常清楚地知道:
> 就连对卑鄙行为的仇恨
> 也让你的表情变得严厉。
> 就连对非正义现象的愤怒
> 也使你的声音变得严厉。哎,我们
> 这些希望为友善奠基的人
> 自己却不能友善。

在一项持久的行动中(这话是说给后来者听的),这样的认识是绝对的。它是我们时代为幸福而奋斗的现实。然而,作为一种僵化的立场(这有时令人想起布莱希特的早期作品),它很快会蜕化,又变成一种职业的冷漠:这不是对矛盾的认识,而是对矛盾的认可。

认识会涉及历史,也会涉及众所周知的革命斗争的严酷。只要它被看作一个过程,它就可以承受,可以解决,可以改变。相反,即便简单地把它看作一种僵化的立场(人或革命的抽象状态),它也会变成新的异化,一种没有介入的接触,一种停留在震撼性灾难层面的普遍化悲剧。我们这个时代的复杂性是人所共知的。使革命受阻的反而是革命政权的僵化和粗暴,许多革命者因而变得冷漠。然而,也正因为他们的斗争,革命者的后代才有了新的生活和新的情感。他们把革命看成日常生活的一部分,并以人的声音对死亡和苦难做出回应。 203

索 引

（条目后的数字为原书页码，见本书边码）

人名索引

作品索引

概念索引

译后记

两年前，我偶然在香港凤凰卫视中文台“世纪大讲坛”上听到北京大学刘东教授关于悲剧在中国的讲座。因为我本人在岭南大学也给学生讲授戏剧方面的课程，所以对这一题目很感兴趣。我们在事后的交流中多次提及英国著名文艺理论家和批评家雷蒙·威廉斯的相关著作《现代悲剧》。刘东教授邀请我将该书译成中文，我欣然应诺。刘教授的私人情面固然在这一决定中起了作用，但更重要的是悲剧的课题与威廉斯著作本身的价值。

就在去年，布莱克威尔出版公司推出了特里·伊格尔顿专论悲剧的新作《甜蜜的暴力》。这位我国学界非常熟悉的学者在书的开头指出，“悲剧在当下是一个不时髦的话题”（伊格尔顿，2003，导论）。它让人想起充满男子气概的斗士、为德捐躯的处女、宇宙规模的灾难以及斯多葛式的清心寡欲。这些严肃的意象明显与追逐生命的无法承受之轻的后现代志趣格格不入。换句话说，作为艺术门类中的贵族，悲剧的庄重风格很难被玩世不恭的当代流行文化所接受。然而，这恰恰是继续讨论悲剧的必要性所在。为了加强这一观点，伊格尔顿引用了他的老师威廉斯将近四十年前在《现代悲剧》里说的一段话：“悲剧经验通常引发一个时代的根本信仰和冲突。悲剧理论之所以有趣，正是因为一个具体文化的形态和结构往往能够通过它而得到深刻的体现。”（威廉斯，1966，第45

页）

对二十和二十一世纪的中国学者来说，研究悲剧文学及其理论还有一种跨文化的深层意义。迄今为止，大多数西方的悲剧论著都受到以西方为中心的思维方法的限制，对中国和其他非西方国家的悲剧经验不是有意否定，就是无意忽略。在当今所谓权威性的《大英百科全书》中就有题为“悲剧在东方戏剧中的缺席”这样一篇短文。该词条的作者宣称，“虽然印度、中国和日本创造出了艺术性很高的重要戏剧作品，但它们在规模、强度以及形式的自由方面无法与西方悲剧相媲美。”按照这里的解释，上述三个国家信奉佛教，而这一教义的核心（涅槃说）泯灭了人的所有冲动。在西方悲剧中，主人公无论面对什么艰难险阻都会奋起反抗，但这种强烈的个人欲望在东方戏剧中却不存在。

这种认为非西方世界缺乏悲剧的观点完全不符合文学发展的历史与现状，因而引起了许多东方学者的愤怒及相应的努力。正如刘东教授在他的报告中提到，近代中国学术史的一个重要组成部分就是在本国文学中寻找悲剧，因为“尽管它不强调英雄非得在舞台上被处死不可，中国文明却并不缺少对各种人生冲突的敏锐意识，而且它那特别发达的史学传统，也并不缺少对于这种冲突的记载。我们去读读古人的诗歌作品，从比干到伍子胥，从屈原到诸葛亮，从岳飞到文天祥，哪一个不是吟哦的对象和灵感的来源？”（刘东，2002，香港凤凰卫视中文台“世纪大讲坛”报告手稿）。这种寻找本土悲剧之努力的一个新近成果是上海戏剧学院谢柏梁教授撰写的《世界悲剧文学史》。与前面提到的西方中心论不同，该书采用了“从东到西又从西到东”的视角，展示了“悲剧文化运动……齐头并进、兵分多路的共振现象”（谢柏梁，1995，第4页）。

把《窦娥冤》、《汉宫秋》等大批中国古典戏曲作为悲剧推向世界不能被看作一种维护古老民族文化尊严的简单行为。它还牵涉到如何定义或解释悲剧这一根本的美学问题。《大英百科全书》“悲剧”词条作者的错误在于，他把自己对悲剧的特殊理解当作衡量古今中外一切悲剧作品的共同尺度。事实上,对于痛苦和死亡的思考,不同的文化乃至同一文化中不同的历史时期必定会因为生存环境的差异而产生独特的"悲剧意识"。 用威廉斯自己的话来说,"悲剧性的无序状态明显是变动不一的。它可以是反抗事物规律的人的自尊,也可以是某种人类所渴望征服的更为普遍的无序状态。在内容的简单层面上,亘古不变的悲剧起因似乎不存在。无序和有序因文化不同而不同,因为它们是变化着的对生活的一般理解的一部分。我们不应该把这种变化看成发现唯一悲剧起因或情感的障碍, 而应该把它当作悲剧艺术形式之文化重要性的标志。"(威廉斯,1966,第52页)

《现代悲剧》还有很多地方值得我们借鉴和思考,我在此不一一列举。重要的是读者自己聆听威廉斯教授当年在剑桥的演讲。

丁尔苏

2005年于黄金海岸